the little-known truth about moominvalley

熊沢里美

だれも知らない ムーミン谷

孤児たちの避難所《シェルター》

朝日出版社

目次

まえがき

普遍的なユートピアの真実

みなさんは「ムーミン谷」と聞いて、何を思い出すでしょうか。それはおそらく、ムーミンたちが緑豊かな谷の屋敷で自由気ままに暮らす、テレビアニメ『楽しいムーミン一家』の風景ではないかと思います。

ムーミン谷は、周りを豊かな森に守られ、見知った者同士だけが仲良く暮らす、とても安全な場所です。加えて、谷では生活するためのお金はいらず、ムーミンたちは学校へ行くことも、仕事をすることも義務づけられていません。そのため、家族と森へピクニックに行ったり、友人と冒険へ出かけたりと、毎日好きなことをして過ごしています。

彼らの夢のような暮らしは、アニメ放映当初から異例のユートピアとして注目を集めました。そのためでしょうか、アニメは今日に至るまで何度も再放送され、まさに世代を超えて愛され続けています。私自身も幼い頃にアニメの再放送を見て育ち、ムーミン谷に一度だけでも行ってみたい、ムーミンやスナフキンたちと共に屋敷で暮らしてみたいと、長年魅力を感じてきた一人でした。

しかし、この「ムーミン谷」というユートピア（アニメ）の背景には、原作である「児童文学」が存在することをご存じでしょうか。私たちの憧れるムーミン谷は、実は創作の初めからこのような場所であったわけではないのです。

・・・

三年前、私は友人の引っ越しを手伝ったときに、児童文学の八作目『ムーミンパパ海へいく』を譲り受けたことをきっかけに、ムーミンの原作（児童文学、以下「原作」はこの児童文学を指します）と初めて出会いました。そのとき、私はちょうど再放送のテレビアニメを見たばかりでしたから、子供の頃の絵本をめくるような懐かしい気持ちで、原作を読み始めたのです。

ところが、私の目に飛び込んできたのは、アニメの可愛らしい姿とは違う、まるで別人のようなムーミンの挿絵でした。とくに一作目では、ムーミンの大きな瞳は小さく描かれ、どこか苛立《いらだ》っているようにも、悲しんでいるようにも見えます。さらに白くて丸いはずの体もまっすぐで単調な形に描かれていて、原作のムーミンの姿からは可愛らしいというよりも、ちょっと不気味な印象を受けました。

そこで私は、もしかしたら原作とアニメでは何かが変更されているのかもしれないと思い、試しに全巻を通読することにしました。すると、原作の重要な設定が、アニメからは明らかに抜け落ちていることに気づき、私の予感は確信に変わりました。

● ● ●

原作（児童文学）は、一作目の小冊子が一九四五年の戦後直後に発表され、その後四半世紀以上にわたって全九作品が執筆されています。原作の内容については、本編で詳しくお話しするため、ここでは簡単に説明しておきます。

原作の中で重要なのは、ムーミンたちがアニメでは明かされない「二つの問題」を抱えていることです。それは「住人たちの人間関係」と、彼らの住む「谷の自然」にまつわるものです。二つの問題は原作中盤までは取り立てて言及されませんが、六作目『ムーミン谷の冬』に入ると、彼らの世界が大きく崩壊したことで表面化します。その結果、ムーミンたちは二つの問題を根本的に解決しなければならなくなります。そして、最終巻の九作目『ムーミン谷の十一月』までに、ムーミンたちは苦難の末に問題を見事に解決し、世界を再生させることに成功します。

原作の流れに沿って、挿絵のキャラクターの見た目も少しずつ描き直され、結末にはムーミンたちが緑豊かな森に囲まれた谷で、家族や友人と仲睦《むつ》まじく暮らす、まるでアニメを彷彿《ほうふつ》とさせる風景が描かれるに至ります。

原作の結末がアニメとよく似た風景に至ることを踏まえて、私は原作とアニメの関係を繰り返し考えました。すると、原作とは、アニメ『楽しいムーミン一家』が完成するまでの長い「過去」だったのではないか、という予想もしない答えに行き着くことになりました。

● ● ●

ここからは、原作の最終巻で導かれる世界と、アニメの世界を明白に区別するために、前者を「(原作の) 再生後のユートピア」、後者を「(アニメの) 省略されたユートピア」と呼ぶことにしましょう。

それでは、二つのユートピアはまったく同じかというと、決してそうではありません。それはアニメ化に際して、原作の設定が大幅に変更されたことが原因になっています。

アニメ『楽しいムーミン一家』は、原作の完結から二〇年後、著者トーベ・ヤンソンの完全監修によって制作されています。このとき、原作はすでに完結し、ムーミン谷の「(原作の）再生後のユートピア」は成立していました。そのため、アニメは通常ならば、原作のあらすじを忠実にたどることが予想されるところです。

ところが、アニメでは、原作の設定に二つ手が加えられることになります。一つは、ムーミンたちが当初抱えていた、人間関係の葛藤や自然の脅威などの困難が大きく省略され、さらにアニメ・オリジナルのストーリーが多数加えられたことです。そして、もう一つは、キャラクターの見た目が、原作の不気味なモノクロの姿からパステル調の可愛らしい姿に生まれ変わったことにあります。これらの変更によって、アニメは一見すると「（原作の）再生後のユートピア」を舞台にした「続編」のような世界として捉えられるように見えます。

しかし、原作のムーミンたちが抱える重要な問題と、それらを解決するための過程を省いたことによって、アニメは原作とよく似た話を基にしながらも、同質のユートピア像を共有できなくなりました。このような理由から、私たちはアニメを観るだけでは「（原作の）再生後のユートピア」を正確に読み取ることができなくなってしまったのです。

それでは「（原作の）再生後のユートピア」とは、一体どのような場所なのでしょうか。私はこれを知るためのヒントが、舞台の北欧に隠されているのではないかと考えました。

二年前、私はフィンランドを訪れ、現地で取材を行いました。ムーミンたちは原作の中で、どのように問題と向き合い、最終巻までにその困難をどう乗り越えてきたのか。この答えを探すために、私は本物のムーミン谷のような北欧の森に入り、さらに八作目『ムーミンパパ海へいく』の舞台と言われる「ソーダーシャール島」にも足を運びました。

そして、彼らの暮らした自然を実際に肌で感じて、そこに古くから伝わる文化や風習を調べることで、原作（児童文学）を読み解くためのヒントを見つけました。今は自分なりの答えを導き出せたのではないか、と感じています。

● ● ●

原作の「再生後のユートピア」を知ったことで、「ムーミン谷」という世界にいっそう強く心を惹かれました。もちろん最初にお話しした通り、私は幼い頃からアニメのムーミン谷のファンでした。ところが、原作を知ることによって、アニメの「省略されたユートピア」が持つ、原作とは違った固有の魅力を初めて理解でき、ムーミンたちを以前にも増して好きになることができたのです。

原作をめぐっては、これまでも冨原眞弓さんをはじめ、多くの研究書や関連本が出版されてきました。しかし、ムーミンの世界は、読者それぞれが受け取ってくれればよいので、あえて趣旨を語らないという著者トーベ・ヤンソンの意向があり、その意向を尊重する研究者の配慮がなされてきました。そのため、あらすじをたどる表面的な指摘に止まるものが多く、原作の内容に踏み込んだ読解は、いまだに充分とは言えません。それでは、アニメの平穏な世界だけが記憶され、原作のユートピアは理解されず、あまりに勿体ないのではないか、と私は思うのです。

原作に描かれているのは、単なる子供向けのお伽話《とぎばなし》ではなく、現代の私たちも抱える、時代を超えた普遍的な問題だと言えます。アニメが何度も再放送されるのも、そこにうっすらと透けて見える、原作の名残《なごり》が人々の関心をひきつけ、完全には消化されないながらも愛され続けているからではないでしょうか。

この本を手に取ってくださる方の中には、もちろんアニメのムーミンが好きな方も多数いらっしゃるでしょう。そしてアニメは観たことがあっても、ファンと名乗るには抵抗がある方、または今まで興味を持ったことがない方もいらっしゃるかと思います。

今回、私はみなさんに原作を読み解くことで「（原作の）再生後のユートピア」をお伝えし、さらに「（アニメの）省略されたユートピア」に隠された本当の魅力を知ってもらいたいと思い、文章にまとめてみました。先ほど説明した通り、多くの関係者の配慮によって注意深く守られてきた物語ですから、原作から挿絵を引用して説明することは残念ながら叶いませんでした。その代わりに、原著（スウェーデン語版）の表紙を参考に掲載していきます。わずかな資料ではありますが、アニメとはまったく異なる、原作の雰囲気を知るためには充分だとも思います。

・・・

それでは、これから原作を詳しく読み、アニメでは決して明かされない、ムーミン谷の真実を探っていきましょう。ムーミンたちはどのような危機を乗り越えて物語の結末へと至るのか。原作からアニメの世界へと、どんな接続と転換がなされるのか。ムーミンは私たちに、どんな魅力的な世界を見せてくれるのでしょうか。

ムーミンの歴史

「ムーミントロール」は、著者のトーベ・ヤンソンの家族の間で生まれた、架空の生き物でした。第一章でも触れますが、誕生のきっかけは、ヤンソンの叔父が幼い彼女を怖がらせようとして口にした「レンジ台のうしろにはムーミントロールという生きものがいるぞ。こいつらは首すじに息を吹きかけるんだ」[❖1]という冗談でした。ヤンソンは、ムーミンが本当にいたらどんな生き物だろうと想像を膨《ふく》らませると、トイレの壁紙や、彼女の絵日記などに落描きし、その姿を徐々に創っていきました。このとき、ムーミンの身長は「電話帳サイズ」と言われていますから、一般的な電話帳を目安に考えると、おおよそ三〇センチほどではないかと思われます。

その後、ムーミンは家族に見せるための落描きから、世間に向けた作品の中へと活躍の場を移していきます。

一九四三年、ムーミンの原型「スノーク」が、ヤンソンが看板作家を務める社会風刺の雑誌『ガルム』に掲載されます。このとき、ムーミンは長い鼻と細長い体をした、人間の目には見えない奇妙な生き物として登場しました。当初は挿絵の署名の横や、画面の隅などの目立たない場所に描かれましたが、次第に挿絵のメインキャラクターとして登場するようになります（ノート⑥参照）。

一九四五年、戦後になると、スノークは「ムーミントロール」と名前を改め、彼を主人公にした児童文学『小さなトロールと大きな洪水』が発表されました。この小冊子は、大都市のキオスクで売られる雑誌のような扱いでしたが、翌年の『ムーミン谷の彗星』から書籍としてシリーズ化され、全九作品にわたる長編の物語が本格的に執筆されていきます。

❖1……『ムーミン谷への旅――トーベ・ヤンソンとムーミンの世界』講談社、一九九四年、六三頁。

これらの児童文学こそが、ムーミンの「原作」に当たります。

　原作は全九作品を数えますが、前半五作品と後半四作品で物語の印象は大きく異なります。

　前半は一作目『小さなトロールと大きな洪水』[2]から始まり、シリーズ二作目『ムーミン谷の彗星』、三作目『たのしいムーミン一家』、四作目『ムーミンパパの思い出』、五作目『ムーミン谷の夏まつり』までの五作品、後半は六作目『ムーミン谷の冬』から、七作目『ムーミン谷の仲間たち』、八作目『ムーミンパパ海へいく』、九作目『ムーミン谷の十一月』までの四作品によって構成されています。前半五作品は子供向けの冒険物語ですが、後半四作品に入ると一変し、前半で紹介された世界は崩壊の危機に直面し、そこから再生するまでを追った神話形式の物語が綴られています。

　原作には、ヤンソン自身の手による数多くの挿絵が付されています。挿絵は、キャラクターの姿や表情、また、舞台の背景がときに詳細に描き込まれており、物語の世界観を理解するための重要な役割を担っています。

　原作初期の挿絵に着目してみると、ムーミンの見た目は、前身のスノークを受け継いだ不気味な姿をしています。しかし、物語が進むにつれて、初期の特徴である長い鼻はなくなり、その形は輪郭を丸くすることで受け継がれ、子供向けの可愛らしい見た目に修整されていきます。

・・・

原作の執筆開始から九年後の一九五四年、ロンドンの夕刊紙『イヴニングニューズ』のコミック連載に抜擢されます。このコミックは、雑誌『ガルム』を色濃く受け継ぎ、社会風刺が特徴でした。

新聞連載が始まると、ムーミンの名はイギリスからヨーロッパ中に瞬《また》く間《ま》に広まり、コミックは全世界で合計四〇カ国、一二〇紙に連載されることになりました（ヨーロッパを含めます）。コミックが予想以上の反響を得たことで、ムーミンの児童文学（原作）も多くの人々に知られるようになり、その人気は海を越え、遠く離れた日本にまで伝わってきます。

・・・

❖2……本書では、小冊子『小さなトロールと大きな洪水』を一作目と呼称し、シリーズ八作品と合わせ、全九作品として数えています。

一九六九年、テレビアニメ『ムーミン』[3]が日本で初めて制作されます。このアニメは、日本オリジナルです。アニメは、日曜夕方の「カルピスまんが劇場」の枠に放映され、オープニングテーマ曲の「ねえムーミン　こっちむいて」の印象的なメロディと共に、ムーミンたちは当時の子供たちに広く親しまれました。このときのムーミンの体の色は、原作の白ではなく水色に、恋人役のスノークの女の子（アニメ名「ノンノン」）も緑色という、少し風変わりな色合いで描かれています。

　アニメ『ムーミン』の放映をきっかけに、ムーミンの名は日本中に知られるようになりましたが、残念なことにヤンソンの意向にそぐわず、六五話で中断されてしまいます。その後、日本から再び制作を打診し、一九九〇年には二度目のアニメ『楽しいムーミン一家』[4]が、ヤンソンの完全監修のもとに放映されました。

　二度目のアニメ『楽しいムーミン一家』では、ムーミンたちの肌は淡い水色や黄色などのパステル調に色づけ直され、当初のムーミンと比べると別人のように、可愛らしいキャラクターへと変貌を遂げます。その後、原作には書かれていない、オリジナル・ストーリーが何本も追加され、合計一〇二話にわたる、長編のアニメーションが完成することになりました。

ヤンソンの家族の間で生まれたムーミンは、発表後から時間をかけて変化し、原作、コミック、アニメという、三つのまったく別の顔を持つに至ります。また、原作と関連する絵本が執筆されたり、ポーランドとオーストリアではパペットアニメ化が行われたりと、幅広い展開も見せています。

その中でも、特に日本発の二度目のアニメ『楽しいムーミン一家』は、本国のフィンランドをはじめ、世界一〇〇カ国を超える国々で放映され、それまでの原作やコミックを抑えてムーミンのシンボルとして定着していきました。

そのため、現在ではこのパステル調の可愛らしい姿こそが、私たちが最もよく目にする「ムーミンの顔」となったのです。

❖3……テレビアニメ『ムーミン』は、一九六九年版と一九七二年版がありますが、二つのアニメは一続きのシリーズであるため、本書では同じ作品として捉えます。一九六九年版の途中で東京ムービーから虫プロダクションへと制作会社が替わりました。

❖4……テレビアニメ『楽しいムーミン一家』は、同シリーズの続編『楽しいムーミン一家・冒険日記』を含んでいます。

ムーミンの作品年表

一九一四年 八月九日、トーベ・ヤンソン、フィンランドのヘルシンキに生まれる
一九三二年 「ムーミントロール」の名前がトーベ・ヤンソンの絵日記に登場
一九四三年 原型「スノーク」が雑誌『ガルム』に登場
一九四五年 一作目『小さなトロールと大きな洪水』刊行
一九四六年 二作目『彗星を追って』（邦題『ムーミン谷の彗星』初版）刊行
一九四八年 三作目『魔法つかい（トロールカルル）の帽子』（邦題『たのしいムーミン一家』初版）刊行
一九五〇年 四作目『ムーミンパパのほら話』（邦題『ムーミンパパの思い出』初版）刊行
一九五二年 絵本一作目『それから、なにがあったかな？』（邦題『それからどうなるの？』）刊行
一九五四年 五作目『なんでもありの夏まつり』（邦題『ムーミン谷の夏まつり』初版）刊行
『イヴニングニューズ』でコミック連載開始
一九五六年 二作目と四作目の改訂版、三作目の重版に際して手直しを行う
一九五七年 六作目『トロールのふしぎな冬』（邦題『ムーミン谷の冬』）刊行
一九六〇年 絵本二作目『クニットをなぐさめるのはだあれ？』（邦題『さびしがりやのクニッ

ト』）刊行

一九六二年 七作目『姿のみえない子とその他の物語』（邦題『ムーミン谷の仲間たち』）刊行

一九六五年 八作目『パパと海』（邦題『ムーミンパパ海へいく』）刊行

一九六六年 国際アンデルセン賞作家部門を受賞

一九六八年 原作二作目から五作目までを『彗星がやってくる』『魔法つかいの帽子』『ムーミンパパの回想録』『なんでもありの夏まつり』として改訂版刊行

一九六九年 テレビアニメ『ムーミン』日本で制作・放映（一九七二年まで）

全七巻「トーベ＝ヤンソン全集」日本で刊行

一九七〇年 九作目『十一月も終わるころ』（邦題『ムーミン谷の十一月』）刊行

原作の児童文学が四半世紀かけて完結

全一〇巻の「ムーミンまんがシリーズ」日本で刊行

一九七七年 絵本三作目『なんでもありのふしぎな旅』（邦題『ムーミン谷へのふしぎな旅』）刊行

一九七九年 ポーランドとオーストリアでパペットアニメーション化

一九八七年 フィンランドのタンペレにムーミン博物館がオープン

一九九〇年 テレビアニメ『楽しいムーミン一家』日本で制作・放映

一九九一年 一作目『小さなトロールと大きな洪水』復刻

一九九二年 映画『ムーミン谷の彗星』（アニメ『楽しいムーミン一家』劇場版）公開

二〇〇一年　フィンランドのナーンタリに「ムーミンワールド」オープン
六月二十七日、トーベ・ヤンソン、亡くなる

＊本書では、作品名（原題）をそのまま訳すのではなく、日本語版刊行に際して付された題名を記しています。

第一章　民話からたどるムーミン

一作目
『小さなトロールと大きな洪水』
（フィンランド語版）

ムーミンの正体とは？

　私たちはムーミンのことを、一体どれくらい理解しているでしょうか。原作（児童文学）の内容に入る前に、まずは物語の設定を改めて考えてみたいと思います。

　アニメ『楽しいムーミン一家』には、緑豊かな森に囲まれた谷で、ムーミンたちが家族や友人と仲睦《むつ》まじく暮らしている、とても平穏な風景が描かれています。しかし、その風景をよく見てみると、二つの謎が浮かんできます。それは、ムーミンとは何者なのか、そして、ムーミン谷とはどのような場所なのか、という謎です。

　まず、ムーミンの正体については、アニメはもちろん、原作のキャラクター紹介でも詳しく明かされていません。スナフキンとミイは、一見すると、人間のような見た目をしていますし、スニフはカンガルーに似ています。彼らが人間なのか動物なのか、その正体ははっきりと記されていません。そして、主人公のムーミンに至っては、何かに喩《たと》えることも難しい、不思議な見た目をしています。

　さらに、彼らが住む谷もいささか奇妙な環境にあります。谷は周りを森に囲まれていて、外から攻撃されることも侵略されることもない、極めて安全に保護・隔離された空間になっています。そもそも、谷に至るためには、海と川からのルートを除くと、森の中に伸びる一本道を探し当てるしかありません。この谷が一体なぜこれほど堅固に保護されているのか、と疑問にも思えてきます。

ムーミンたちが本当はどのような生き物で、彼らの住む谷はどのような場所なのか、その答えはアニメは言うまでもなく、原作、絵本、いずれにおいても一切語られていません。もしかすると、私たちは今まで肝腎な問題を見落としたまま、アニメを見ていたのではないでしょうか。

もちろん、二つの謎はお伽話《とぎばなし》の設定にありがちなこと、と追究せず、曖昧《あいまい》なままに留めておくこともできます。しかし、今回は原作を重視し、その意味をはっきり摑《つか》むべく、トーベ・ヤンソンが残した証言やエピソードを調べ、北欧民話と照らし合わせて、私なりの答えを導き出してみることにしました。

「精霊」と「聖地」

ムーミンは、正式名称を「ムーミントロール」と言います。これは主人公の名前でもありますが、同時に「ムーミントロール族」という種族の呼称でもあります。注目したいのは、語尾の「トロール」です。聞き慣れない言葉ですが、少し調べてみると、北欧民話[❖1]

に登場する森の「精霊」の一種を指していることがわかります。

さらに、彼らの住む谷を囲む森はフィンランド語で「メッサ（metsä）」と呼ばれ、「境界」という意味を持ち、古くから「精霊たちの住む場所」と考えられてきました。[2]

これらの事実を踏まえて原作を読んでみると、ムーミンたちは、森という「聖地」に住む「精霊」なのではないか、と思われてきます。仮に「ムーミンたちは精霊である」と仮定すると、彼らが他に喩えようもない見た目をしていることや、谷が外から遮断されて安全に守られていることに、納得がいきます。

しかし、精霊といっても、ムーミンはみなさんが頭に浮かべるような羽の生えた可愛らしい妖精ではありません。北欧民話の文献によると、ムーミントロールの語尾の「トロール」は、人に悪さをしでかす、醜くて恐ろしい「精霊」を指すことがわかります。

民話の挿絵の中で、トロール[3]は全身を長い体毛に覆《おお》われて、鼻が長く、肌も岩のようにごつごつした、とても醜いキャラクターとして描かれています。また、その体はとても大きく、かつては山一つ分ほどの巨体だとも言われていました。

彼らは普段山や森を住処《すみか》にし、人間が彼らの許《もと》に近寄ると、別の生き物に変身して人間を騙《だま》したり、また彼らの方から麓《ふもと》まで下りてきて、家畜にいたずらをして原因不明の病気にかからせたりすると言われ、昔から人々に怖れられていました。[4] しかし、トロール（精霊）は太陽の光を浴びると石化する弱点を持つために、人々の行き交う昼間ではなく、主に夜間の森の中を行動すると言い伝えられています。

民話のトロールは一見すると、私たちの可愛らしいムーミンとは、名前以外になんのつ

❖1……北欧とは、ゲルマン語圏のスカンディナビアの四カ国（ノルウェー、デンマーク、スウェーデン、アイスランド）を指す場合と、ウラル・アルタイ語圏のフィンランドを含めた五カ国を指す場合があります。前者は、エッダ・サガを基にする北欧神話を信仰し、フィンランドはラップランドに住む先住民のサーミ族の精霊信仰を基盤とする、独自のフィンランド神話（後に叙事詩『カレワラ』となる）を信仰しています（東海大学文学部北欧学科編『北欧学のすすめ』東海大学出版会、二〇一〇年、三頁。ウィリアム・クレーギー編『トロルの森の物語――北欧の民話集』東浦義雄編訳、東洋書林、二〇〇四年、三五五―三五八頁）。本書では、二つの民族の違いを踏まえた上で、北欧の語を広義に捉えるため、どちらの民族も自然崇拝を行っていたこと、民話に共通の精霊が登場すること、また著者のトーベ・ヤンソンがスウェーデン系フィンランド人であることから、北欧をフィンランドを含めた五カ国を指すこととします。

❖2……Ritva Kovalainen, Sanni Seppo, *Tree People*, Hiilinielu tuotanto and Miellotar, 1997, pp. 52–54.

❖3……トロールは、ノルウェー、デンマーク、スウェーデン、アイスランドの民話で多く語られていますが、フィンランドの民話にも、ペイッコ（peikko）という名で登場します。今回は、ムーミントロールの語尾との関連を明瞭にするために、ペイッコではなく「トロール」と呼称することとします。また、フィンランドのみならず、文献の多いスウェーデンとノルウェーの民話も参考にしています。

❖4……クレーギー編『トロルの森の物語』一五四頁。

ながりもないように思えます。著者のヤンソンも、両者の関連性を否定しています。しかし、原作を詳しく読んでみると、意外なことに、彼らの間に共通点を見つけることができるのです。

フィンランド文学者の高橋静男さんは「北欧の民間伝承とムーミントロール」と題した短い文章の中で、ムーミンの原作に「木の精」や「水の精」などが登場することから、原作と民話の世界観の類似を指摘しています。[5] しかし、ムーミンと民話のトロールの具体的な共通点までは挙げられず、ムーミンたちの正体ははっきりと同定されません。

今回、私は、原作の内容と挿絵から両者の共通点を三つ挙げ、ムーミンたちが精霊であり、彼らの住む場所が聖地であることを解き明かしてみたいと思います。

「ムーミン」と「トロール」の共通点

①長い鼻と尻尾

まず、ムーミンと民話のトロール（精霊）は「長い鼻」と「尻尾」の見た目が共通しています。

一作目『小さなトロールと大きな洪水』の挿絵の中で、ムーミンはトロールと同じ「長

い鼻」を持っています。原作発表当初、これは重要な特徴の一つでした。❖6

もう一つの共通点「尻尾」は、アニメのムーミンにも見ることができます。みなさんも、彼がふさふさの尻尾を自慢気に揺らしているのを見たことがあると思います。ムーミンの尻尾は可愛らしいものですから、民話のトロール（精霊）の尻尾と同一視はできないにしても、同じように地面に届くほど長く描かれているのです。

見た目の共通点は「鼻」と「尻尾」の二つだけですが、六作目『ムーミン谷の冬』に登場する「千年前のムーミントロール族のご先祖様」を参照すると、それらに加えて全身を覆う「体毛」を共通点として数えることが可能です。

六作目に初めて登場する場面で、ご先祖様の見た目は次のように語られています。

それは、長い毛におおわれた、大きな鼻をした、灰色のものでした。
それが、さっとうごいたかと思うと、風がふきぬけるように足もとをすりぬけて、にげていきました。しっぽが、黒いひものように、水あび小屋の入り口をすべっていい

❖5……『ムーミン谷への旅——トーベ・ヤンソンとムーミンの世界』講談社、一九九四年、四〇—四一頁。
❖6……コミックやアニメでは、鼻の形は「丸い顔の輪郭」に変わり、ムーミンは可愛らしいキャラクターへと徐々に修整されていきます。

くのが見えました。

（『ムーミン谷の冬』九七頁）❖7

挿絵の中で、ご先祖様は顔と手足以外の全身を毛に覆われた、小さな生き物として描かれています。体の大きさはムーミンのおよそ三分の一ほどでしょうか。民話のトロールと体の大きさこそ違いますが、ご先祖様は「鼻」と「尻尾」と「体毛」という、三つの特徴を共有しています。もちろん、ムーミンにも体毛はあります。ただ、ムーミンよりもご先祖様の方が毛が長く、全身が体毛で覆われているところは違います。加えて、ご先祖様は、体の色がきれいとは言えない茶色で彩色されていますから、民話のトロールにかなり近い印象を与えます。

ご先祖様は全体的に醜い見た目をしているため、可愛らしいムーミンとは似ても似つかず、ムーミン本人すらもすぐに自分の先祖だとは納得できません。しかし、ご先祖様、すなわち、ムーミントロール族のルーツを媒介にすれば、ムーミンと民話のトロールには、「見た目」のつながりがあることが明らかになります。

②薄暗い住処

二つ目の共通点は、彼らの「住処《すみか》」です。ムーミンも民話のトロールも、いずれも「森」

に住んでいます。この点、ご先祖様も同様です。森の中でも「外から人目につかない」「薄暗い場所」を選んでいるのです。

一作目『小さなトロールと大きな洪水』では、ムーミン一家が屋敷で暮らす以前、民家の「タイルばりの大きなストーブのうしろ」で暮らしていたことが、ムーミンママによって明かされています。この告白から、ムーミンたちは、当初人間の家のストーブを移動しながら暮らしていたものの、その後、森の奥へと住処を移したことがわかります。人目を避けた、薄暗い場所で暮らす習性があるのです。

なお、ご先祖様も、戸棚の中や森の奥など、人目につかない薄暗い場所に一年中閉じこもっています。ようやく外に出たかと思えば、ご先祖様はすぐに部屋をゴミだらけにして死角をつくり、ついにはストーブに隠れてしまうほどです。

初期のムーミンたちも、ご先祖様も、薄暗くて人目につかない場所を住処にしているのです。これらは、民話のトロールが人気《ひとけ》のない森の中で暮らし、真夜中しか活動しなかったことと、非常に似ているのではないでしょうか。

❖7……原作の引用はすべて邦訳から行っています。書誌については巻末をご参照ください。

③キャラクターの名と自然の気配

ムーミンと民話のトロールには、「見た目」と「住処」に加え、三つ目の決定的な共通点を指摘できます。それは「キャラクターが生まれた背景」にあります。

民話のトロールが生まれたのは、真夜中の森の中です。

北欧の森は神聖である一方で、夜になると、不気味な気配が漂う危険に満ちた場所に変わります。人々は、昼間には感じない恐ろしい気配に襲われ、その目に見えない恐怖から逃れるために、岩を「トロール」に、草を「小人」に見立て、具体的な名前と姿を与えました。❖8 民話におけるトロール（精霊）の誕生は、彼らが太陽の光を苦手とすることや、岩のようにごつごつした肌の特徴にその名残《なごり》を留めています。

私たちのよく知るムーミントロールも、民話のトロールと同じように、自然の気配――自然の脅威に直面した人々の心情――の一つに名付けられたものだった、というエピソードが残されています。

ムーミンが生まれたのは、真夜中のだれもいない台所です。当時、幼いヤンソンは深夜にお腹が空くと、冷蔵庫をこっそり漁《あさ》る癖があり、それを見かねた叔父が「レンジ台のうしろにはムーミントロールという生きものがいるぞ。こいつらは首すじに息を吹きかけるんだ」❖9 と脅して止めさせようとしたそうです。この叔父の言葉をきっかけに、ヤンソンは、台所のトロールが本当に存在するなら、いったいどんな生き物だろうと想像し、やがて「ムーミントロール」が落描きの中から生まれることになりました。

さらに、ムーミンが、自然の気配の具体化として生まれたことを裏付ける記述は、一作目『小さなトロールと大きな洪水』に残されています。ムーミンママが自分たちの存在について、次のように息子に語る台詞です。

人間はわたしたちのことを、ときどき首すじにふうっとふきつける、つめたいすきま風のようなものだと思っていたわ。ひとりでいるときなんかに、そう感じたようね。

（『小さなトロールと大きな洪水』三〇頁）

叔父の言葉と、ムーミンママの台詞を踏まえると、ムーミントロールとは、人間の首筋に息を吹きかける「つめたいすきま風」と同じ意味を持っているのです。

つまり、ムーミンは人間でも動物でもなく、真夜中に感じる恐ろしい「自然の気配」に

❖8……ローン＝シグセン＆ジョージ・ブレッチャー編『スウェーデンの民話』米原まり子訳、青土社、一九九六年、二四頁。

❖9……『ムーミン谷への旅』六三頁。

名付けられた架空の生き物であり、それは民話のトロールが「暗闇の岩」に喩えられた精霊であることと同じです。

ムーミンの生きる森

ムーミンたちは、本当はどのような生き物で、住んでいる場所はどこに当たるのか。冒頭の謎は、おおよそ解けたように思います。民話のトロールとの「見た目」と「住処」、そして「生まれた背景」の三つの共通点から、ムーミンたちが森の「精霊」であり、彼らの暮らす谷は「聖地」なのだと解釈できます。

北欧の森を訪れてみると、ムーミン谷のような光景を、実際にあちこちで目にすることができます。見上げるほど背の高い針葉樹の木々や、淡い紫色の花を咲かせるライラック。森に映える赤いクランベリーの実。湖に突きだす桟橋の先には、一家の水浴び小屋とよく似た場所もあり、まるでムーミンたちの世界に足を踏み入れてしまったような気分になります。

ところが、日が暮れて夜を迎えると、森は昼間とは違う別の顔を見せてきます。辺りはどこも暗闇に包まれて、森にはなんとも言い難《がた》い不気味な気配が漂い始め、足を撫《な》でる草や木々の間にたたずむ岩が、まるで見知らぬ生き物のように思えて急に怖くなってしまうのです。

ムーミンたちの暮らす穏やかな森は、夜ともなると、アニメの景色から打って変わって、時に人々を迷いこませる、恐ろしい場所へと変わります。私たち人間の住む世界から隔てられた聖なる森の奥地こそが、ムーミンたちの住処であり、本当の舞台なのです。

物語が進むにつれて、ムーミンたちは私たち読者を深い森の奥へと誘い込んでいきます。特に六作目『ムーミン谷の冬』以降、私たちはムーミンたちの目を通し、遠く離れた森に息づく精霊たちの世界を目撃することになります。そこには、一体どのような世界が描かれているのでしょうか。

キャラクターの設定変更……ノート①

ムーミンの恋人役の女の子を、みなさんはなんと呼んでいるでしょうか。

実は、彼女は「ノンノン」「フローレン」「スノークの女の子」という、三つの名前を持っています。最初のアニメ『ムーミン』では「ノンノン」と呼ばれ、九〇年代の二度目のアニメ『楽しいムーミン一家』をご覧になった方々には「フローレン」の愛称で親しまれているかと思います。ところが、彼女の名前は、どちらもアニメ化の際につけられた名前であり、原作（児童文学）を読んでみると「スノークの女の子（スノーク族の女の子）」[❖1]という種族名しか付されていないことがわかります。

実は、アニメの制作過程で、あるいはコミック制作の中で、スノークの女の子をはじめ、原作の多くのキャラクターの名前や性格、設定などが細かく変更されています。

たとえば、ムーミンの友人のスニフは、原作とアニメでは臆病な性格をしていますが、コミックでは打って変わって、お金儲《もう》けが大好きな意地汚い存在として描かれます。名前に関しても、変化があります。一作目『小さなトロールと大きな洪水』では名前を持たず「小さな生きもの」と記されるだけでした。その後、二作目『ムーミン谷の彗星』において、「スニフ」という名前をつけられたことから、以後、すべての作品で名前が統一されるのです。同様の設定の変更が、旅人のスナフキンや、ムーミンパパとムーミンママにも指摘できます。

スナフキンは、アニメではムーミンたちが困ったときに重要な助言をする、まるでヒーローのような活躍をするにもかかわらず、短編「春のしらべ」（七作目『ムーミン谷の仲間たち』所収）では、普段強がりを言っているだけで、本当はとても寂しがりだと語られています（本書第五章を参照ください）。

また、ムーミンパパとムーミンママも、アニメと原作では性格が違っています。たとえば、アニメのムーミンパパは、家庭を持つ落ち着いた父親という印象を受けますが、原作を読んでみると、パパは嫌なことがあるたびに家族に黙って家出を繰り返す、いささか子供っぽくて迷惑な父親として描かれています。

同様に、ムーミンママも、原作では、アニメのように寛大な性格ではなく、子離れをなかなか果たすことができない、悩みの多い母親として描かれています（本書第七章を参照ください）。

メインキャラクターではありませんが、住人のフィリフヨンカの場合、原作では独身の一人暮らしですが、コミックとアニメでは三人の子供を育てるシングルマザーへと設定が変更されています。

さらに、キャラクターの性格設定の変更に止まらず、物語の基本設定（主要人物の境涯《きょうがい》）を大

❖1……スノーク族はムーミントロール族と違って、興奮すると色が変わる特徴を持っています。

幅に変えている場合さえあります。たとえば、コミック『ムーミントロール』の第一話では、ムーミンは生後すぐに両親と生き別れ、谷の屋敷に一人きりで暮らす可哀想な子供として登場しています。その後、両親と偶然再会したことをきっかけに、ムーミンの幼い頃の記憶が蘇《よみがえ》り、家族と屋敷で共に暮らすことになります[❖2]。

　原作には登場しない、あるいは原作でしか正体を明かさないキャラクターもいます。

　たとえば、アニメとコミックで、いたずら好きの悪党としてお馴染みの「スティンキー」は、原作には登場しません。スノークの女の子の兄として頻繁に登場する「スノーク」も、原作二作目『ムーミン谷の彗星』で描かれて以降姿を消し、その後もついに登場することはありません。また、魔女「クラリッサ」と孫娘「アリサ」も、原作には見られないキャラクターです。

　反対に、アニメに登場するにもかかわらず、原作でのみ正体が明らかになるのが、「ヨクサル」と「ロッドユール」です。実は、ヨクサルはスナフキンの父親で、ロッドユールはスニフの父親であることが、ムーミンパパの話によって判明します。アニメではスナフキンたちとよく似たムーミンパパの古い友人としか紹介されませんが、彼らは血のつながった親子に当たります。四作目『ムーミンパパの思い出』の終盤には、長年離ればなれに暮らしていた彼ら親子が再会する貴重な場面が語られているのですが、アニメでは感動の再会も見ることができません。

　アニメでは触れられず、原作でだけ言及される、主要キャラクターの血縁関係さえあるのです。原作では、スナフキンとミイの母親は同じミムラ夫人であると記されています。ミイの父親がヨクサルかどうかは断言されていませんが、二人は姉弟、あるいは、異父姉弟であることがわかります（四作目『ムーミンパパの思い出』を参照ください）。

原作・コミック・アニメの三作品を比べてみると、アニメ『楽しいムーミン一家』を見るだけではわからない、キャラクターたちの隠された真実をいくつも発見することができます。ただし、三つの作品を、一つの世界観の三つの変形と捉えることもできますから、いずれの設定を正しいと思うか、あるいは細かい設定は気に留めずに楽しむのか、私たち読者それぞれの判断に委ねられています。

❖2……両親は、ムーミンが大きくなっているために、自分たちの子供だということがすぐにはわかりません。ムーミンも記憶を失っています。ムーミンママがたまたま差し出したマグを見たことから、ムーミンの記憶が突如蘇り、親子は感動の再会を果たします（トーベ・ヤンソン、ラルス・ヤンソン「ムーミン谷への遠い道のり」『ひとりぼっちのムーミン』ムーミン・コミックス第14巻、冨原眞弓訳、筑摩書房、二〇〇一年）。

第二章　孤児と災害

二作目
『彗星がやってくる』
（邦題『ムーミン谷の彗星』）

二つの真実

原作（児童文学）は、これまでも指摘されてきた通り[1]、全九作品のうち、前半五作品と後半四作品で話の流れが大きく変化します。

前半は、一作目『小さなトロールと大きな洪水』から五作目『ムーミン谷の夏まつり』までの五作品で、後半は六作目『ムーミン谷の冬』から九作目『ムーミン谷の十一月』までの四作品によって構成されています。私が本書で主にお話しするのは、原作の本題である後半の四作品に当たります。いま「本題」と言ったのは、六作目『ムーミン谷の冬』のある事件をきっかけに、前半五作品では語られないムーミンたちの困難が表面化するからです。

本章では後半四作品の分析に入る前に、原作をまだ読んでいらっしゃらない方も多いかもしれませんので、本題が集中して描かれるようになる四作品を読み解くための予備知識として、先に前半の五作品を簡単に追い、アニメでは語られていない二つの「真実」に触れておきたいと思います。

真実の一つ目は、ムーミンたちの「出生の過去」です。

アニメを見る限り、ムーミンたちは昔から谷に住み、長く親しい関係を築いているように印象づけられますが、原作を読んでみると、主人公のムーミン以外の住人たちは、谷の「外」から移り住んできた「孤児」であると推測できます。

それは、アニメでお馴染みのスニフやスナフキン、スノークの女の子をはじめ、主人公の両親であるムーミンパパとムーミンママ、さらに、谷に住むフィリフヨンカやヘムレン、トフトなども例外ではありません。住人たちの多くは他の土地からの移民であり、彼らの関係は驚くことに、まだ出会って日の浅い「他人同士」なのです。

さらに、もう一つの真実は、彼らの住んでいる谷が「危険に満ちた環境」であることです。ここで危険とは、外敵にさらされているということではなく、谷の自然がそれ自体でもたらす危険です。

原作では全九作品にわたって、嵐や洪水など、突発的な「自然災害」に見舞われる場面が数多く描かれています。ムーミンたちはこれらの災害に巻き込まれ、大切な持ち物を失ったり、時には屋敷まで壊されたりと、甚大《じんだい》な被害を何度も受けることになります。

この災害に加えて、谷は舞台の北欧と同じように寒暖差の激しい「気候」の影響も受けています。夏は短く、残りの大半は冬に当たります。特に、冬はあるキャラクターによっ

❖1……冨原眞弓『ムーミンのふたつの顔』ちくま文庫、二〇一一年、一四九―一五一頁。

て表象され、彼らの生活を度々脅かすのです。

　二つの真実は、アニメでもエピソード的に多少取り上げられていますが、詳細はほとんど言及されません。そのため、アニメをざっと眺めるだけでは、原作のムーミンたちが抱える二つの真実と、それが引き起こす困難について、正しく理解することが極めて難しくなっているのです。

　それでは前半五作品を読み解き、二つの真実をたどり、ムーミンたちが抱える問題を具体的に探っていきましょう。まずは、一つ目の「出生の過去」を知るために、キャラクターの過去を時系列順に追い、住人たちがどのような経緯で谷に集まってきたのかを整理してみます。

孤児の集団

　四作目『ムーミンパパの思い出』のパパの伝記によると、ムーミンパパは生まれてすぐに両親に捨てられ、孤児院で幼少期を過ごしていました。しかし、ムーミンパパは物心つく頃になると、外の世界に憧れて孤児院から脱走し、仲間たちと出会い、彼らと冒険に乗り出します。

冒険を終えた後、ムーミンパパたちのいる海辺に、一匹の女のムーミントロール（＝ムーミンママ）が、嵐に遭って漂着します。ムーミンパパは高波からこの女を救出します。彼女は元の居場所には戻らず、そのままムーミンパパと共に暮らし始めます。二人の間には、まもなく息子の「ムーミン」が誕生し、アニメでお馴染みの「ムーミン一家」が完成することになるのです。

彼らがムーミン谷を発見する場面は、一作目『小さなトロールと大きな洪水』に描かれています。ムーミンパパのつくった念願のマイホーム（＝ムーミン屋敷）が洪水で流され、これをきっかけに、彼らは「それまで見たどんなところよりも美しい谷」へとたどり着くのです。❖2

ムーミンは成長すると、多くの孤児たちを谷の「外」から連れてくるようになります。その孤児たちこそが、アニメで家族同然に扱われるスニフ、スナフキン、スノークの女の

❖2……『ムーミンパパの思い出』では、ムーミンパパは仲間たちと住む場所に屋敷を建てていますが、周辺の風景がムーミン谷と明らかに違っています。そのため、時系列順に続く、一作目『小さなトロールと大きな洪水』のムーミン谷とは、別の場所にあると考えられます。しかし、一作目も二作目以降と設定が連続していないため、谷はどこにあるのか、また彼らがいつから屋敷に住み始めたのか、はっきりと断定することができません。

子といった同居人たちです。
　スニフは、一作目『小さなトロールと大きな洪水』で、ムーミンとムーミンママの旅の途中に、親のいない孤児として登場しています。寂しがりで臆病者のスニフは、親子に誘われるまま、二人の旅について行くことを決心します。
　二作目『ムーミン谷の彗星』のムーミンとスニフの二人旅の道中では、スナフキンとスノークの女の子（＝アニメでの名前はノンノンまたはフローレン）と彼女の兄と出会います。スナフキンは幼い子供ながらすでに旅慣れていて、旅に戸惑いまごつくムーミンの世話を焼くうちに、そのまま旅に同行します。スノークの女の子は、人喰い植物に襲われるところをムーミンに助けられ、これをきっかけに彼女は兄とムーミンの旅について行くのです。[❖3]
　四人がどこから来て、なぜ子供だけで過ごしてきたのかなど、詳しい事情は語られません。しかし、初対面のムーミンの誘いに戸惑いもなく応じて、その後も谷に留まることから、彼らは本来帰るべき家や、帰りを待つ家族を持たない「孤児」ではないか、と推測できます。[❖4]
　四作目『ムーミンパパの思い出』では、ミイも登場します。ミイの場合は、母親、ミムラ姉さん含む十数人の兄弟姉妹から成る家族がいますが、彼女は、後にムーミン一家の

「養子」として引き取られています。❖5 ミイは例外的に孤児ではありませんが、母親から簡単に手放されることを考えると、彼女もまた複雑な家庭環境を背負っているのだと思います。

両親は、ムーミンが連れてきた身寄りのない孤児たちを「家族の一員」として温かく迎え入れます。そして同じ谷に住むフィリフヨンカ、ヘムレン、トフトなど、親戚から厄介《やっかい》者《もの》扱いを受ける独り《ひと》者《もの》たちにも屋敷を開放し、一家は谷の住人たちを広く受け入れることになります。

ムーミンママは彼らのために温かい食事を用意し、ムーミンパパはそれぞれの体のサイ

❖3……アニメ『楽しいムーミン一家』では、スノークの女の子（フローレン、ノンノン）は、一家とは別の自宅に住んでいますが、原作では二作目『ムーミン谷の彗星』以降、兄のスノークが登場しないため、スノークの女の子も一家の屋敷に住んでいます。

❖4……原作四作目『ムーミンパパの思い出』では、スニフとスナフキンには、本当は両親がいることや、ミイとスナフキンの母親が同じことも明かされています。しかし、登場時の彼らには両親がおらず、それまで一人きりで暮らしていて、その後も両親とは共に暮らしていません。

❖5……コミックでは、ミイが母親に連れられて行った屋敷に、偶然一人だけ置き去りにされてしまうというエピソードも記されています（トーベ・ヤンソン、ラルス・ヤンソン「家をたてよう」『恋するムーミン』ムーミン・コミックス第4巻、冨原眞弓訳、筑摩書房、二〇〇〇年）。

ズに合わせた専用のベッドをつくり、屋敷に好きなだけ居住することを許します。こうして孤児たちは、屋敷に受け入れられ、他の者と交流を持ち、さらに円満な一家の温かみに触れ、孤独から一時的に救われるのです。

このような経緯を経て、ムーミンパパの建てた屋敷は、孤児たちの「避難所」（＝シェルター）の役割を果たします。

原作を読んでわかることは、繰り返しになりますが、住人たちは、アニメから想像されるような昔からの付き合いではなく、本来谷の「外」から移住してきた「孤児」であり、その関係はまだ出会って日の浅い「他人同士」だということです。実際、前半五作品における住人たちの関わり合いや付き合いには、血のつながらない他人ゆえに生まれる、ぎこちなさがうかがえます。

たとえば、ミイがいくら皮肉めいた毒舌を吐いても、だれも反論をしませんし、ムーミンパパが何度勝手に家出を繰り返しても、ムーミンママが咎《とが》めることは一度もありません。また、スナフキンとムーミンは親友でありながら、秋の旅立ちの別れ際に寂しさの一つも口に出すことはないのです。彼らの関係には、相手にあまり関心を払わない、自分の本音を心にしまい込んでいるような印象を受けてしまいます。

彼らのぎこちない、ぎくしゃくした振る舞いは、アニメからも見て取れますが、一見すると、お互いの考えを尊重し合っているかのようです。しかし、原作からしかわからない、彼らの出生の過去を考えると、むしろ、彼らの間に用心深く慎重に張りめぐらされた壁のようなものの存在を感じます。そのため、彼らの個性的な振る舞いは、相手とうまく噛み合わず、どこか浮いていて、空回りしているように見えるのです。

災害と気候

①自然災害

次に、もう一つの真実を見ておきましょう。「危険に満ちた環境」とは具体的に言うと、「自然災害」と、寒暖差の激しい「気候」変動、この二つの自然環境の影響を指します。

自然災害は、主に前半五作品の中で取り上げられています。

一例として、五作目『ムーミン谷の夏まつり』の洪水の場面を挙げます。ある日、ムーミン谷に巨大な洪水が突如押し寄せてきた様子が、次のように描かれています。

　大きな音がしたのは、そのときでした。
遠く海のほうから、きこえてきたのです。はじめは、にぶいどよめきでしたが、しだいにつよく、ものすごい音になりました。

あかるい夜の空に、なにかとほうもなく大きなものが、森のてっぺんをこえて、もりあがるのが見えました。それは、どんどん大きくなるばかりで、てっぺんに、白い波がしらをのせていました。〔…中略…〕みんなのしっぽが、しきいをこえて中にはいるかはいらないうちに、洪水の大波がムーミン谷におしよせて、すべてのものをまっくらやみの中で、水びたしにしてしまいました。

（『ムーミン谷の夏まつり』二九頁）


挿絵には、巨大な洪水が屋敷の周りに押し寄せて、まるで海のようになった谷の風景が描かれています。画面の右上では、屋敷が荒々しい波に呑まれ、中央にはどこから流れてきたのか、壊れた水車が勢い良く手前に迫っています。この洪水によって、大切な家財道具や食糧などがすべて浸水し、ムーミンたちは屋敷での生活を一時的に続けられなくなってしまいます。

二作目『ムーミン谷の彗星』では、彗星の接近によって地球滅亡の危機に直面します。彗星の熱で海が干上がり、森の生き物たちもすべて姿を消してしまうほどの異常事態に陥ります。また三作目『たのしいムーミン一家』では、ムーミンたちは出先で激しい嵐に巻き込まれ、家に帰ることができなくなるのです。後半の七作目『ムーミン谷の仲間たち』

に至っても、フィリフヨンカの家が巨大な竜巻によって吹き飛ばされたり、ヘムレンの一族が住む地域が大雨で流されたりと、大規模な災害が多数起きています。

ムーミンたちは災害が起こるたびに、屋敷を修理し、食糧を集め直すことになります。そして、失ってしまった大切な品物は、いつか代わりの物が海から流れてくるだろうと、無念にも諦《あきら》めざるを得ないのです。

ところが、谷に襲いかかる自然の脅威は、これだけに止まりません。谷は自然災害による一時的な被害に加えて、舞台である北欧特有の「気候」による長期的な影響を受けているのです。

②気候とモラン

舞台の北欧は、北極圏の近くに位置するため、一年は「夏」と「冬」の二つに大きく分かれます。そのため、夏には一日中太陽がほとんど昇ったままの「白夜《びゃくや》」になり、反対に冬になると太陽の昇らない「極夜《きょくや》」になります。❖6 原作では、特に一年の大半を占める「冬」

❖6……白夜は五月中旬から七月下旬まで、極夜は一一月中旬から一月下旬までの期間に起こります（東海大学文学部北欧学科編『北欧学のすすめ』東海大学出版会、二〇一〇年、七頁）。

の季節が問題視され、これは「モラン」というキャラクターによって象徴されています。

モランは、ムーミンたちが唯一恐れる「女のまもの」として登場します。彼女の外見は、全身を覆《おお》う黒い布に丸い目と大きな鼻と口が浮かんで見える、なんとも不気味な容貌《ようぼう》に描かれています。モランはアニメでも頻繁《ひんぱん》に登場しますが、その正体は明かされないため、謎めいた悪者くらいの印象しかないかもしれません。

三作目『たのしいムーミン一家』の初登場の場面で、モランは次のように説明されています。


とくべつに大きいというのではないし、そうきけんとも見えませんでした。しかし、モランがおそろしくわるいやつで、しかもいつまでだって、そこでまちぶせしているだろうことは、一目見ただけでわかりました。それがおそろしい点でした。〔…中略…〕その女がすわっていたあとは、まっ白にこおりついていたのです。

（『たのしいムーミン一家』一九二頁）


挿絵の中で、ムーミンたちは銃を持ち、屋敷の前にたたずむモランを怯《おび》えたような目で見つめています。モランは、文中で「おそろしくわるいやつ」と評されていますが、見た目が「きけん」には見えないことからもわかるように、単なる敵や悪者というわけではありません。モランが恐れられる理由は、簡単に言うと、彼女の「冷たい特性」にあります（今後の展開にもつながるので第八章で詳しくお話しします）。

モランは、近寄るだけで植物が枯れ、最悪の場合には二度と花が咲かなくなるほどの「冷たい特性」を持っています。そのため、モランは「氷の精」と呼ばれて恐れられ、作中では彼女が谷へ来るたびに、ムーミンたちが身を寄せ合って警戒する様子が度々描かれています。

・・・

原作を読んでみると、私たちが慣れ親しんだアニメ『楽しいムーミン一家』の光景はどこにもありません。

仲の良いはずの住人たちは、かつて別の土地に住んでいた「孤児」で、彼らの関係は出会って日の浅い「他人同士」であり、さらに彼らの住む谷は、自然の脅威に満ちた危険な場所であることも明らかになりました。原作には、アニメと違って、小さな生き物たちが厳しい自然環境の中で居場所を探す、過酷な日常の物語が描かれているのです。

ムーミンたちの暮らしが、一般の児童文学の設定にありがちな、敵や悪者による侵略などではなく、彼らの住む谷の「自然」によって脅かされることは、物語の特徴の一つとなっています。

共存の物語

ムーミンたちが今後も谷で共に住み続けるためには、孤児たちが集《つど》う谷に迫る自然の脅威に対処しなければなりません。しかも、その脅威は目前に迫っているため、早急な解決が必須なのです。その課題は、二つあります。

一つは、他人同士の「人間関係」です。

ムーミンたちは血のつながらない他人同士ですが、一定の距離を保って付き合っているので、前半五作品では喧嘩や言い争いは一度も生じません。ところが六作目『ムーミン谷の冬』から後半に入ると、彼らはある事件をきっかけに、それまで心に秘めてきた「本音」を漏《も》らすようになります。すると、驚くことに、彼らはお互いの欠点を非難し始め、人間関係にまつわる様々なトラブルが発生してしまいます。

もう一つは、谷の「自然環境」にまつわることです。

彼らの住む谷は、「自然災害」や「モラン」に形象化された北欧特有の自然によって脅《おびや》かされていました。彼らが今後も谷の屋敷で暮らすためには、これらの災厄《さいやく》を避けて通ることはできず、特にモランとの葛藤は、後半四作品の中で大きく取り上げられることになります。

ムーミンたちは今後、血縁ではない他人とどう付き合っていくのでしょう。そして谷の自然環境とどのように関わるのでしょう。原作の最終巻までに、導き出される解決策とは何か。彼らがユートピアへ至るまでの苦難の話は、次章から詳しくお話ししていきます。

ムーミン谷の地図 ………… ノート②

ムーミン谷とは、一体どのような場所なのでしょうか。

アニメ『楽しいムーミン一家』には、ムーミンたちが住む屋敷を中心に谷の風景が描かれていますが、それを見るだけでは、舞台の全体像を把握することはできません。

たとえば、屋敷から北の「おさびし山」まではどのくらい離れているのか、スナフキンは谷の外からどの道を通って屋敷までやってくるのか。そして、屋敷を度々訪れるフィリフヨンカやヘムレンはどの辺りに住んでいるのか。また、アニメに度々出てくる谷の外にあると思われる地域は、一体どのような場所なのか。

これらの疑問は、原作の扉絵に掲載されている、合計五枚の地図[❖1]を見ることでいくらか解決できます。

地図のうち、ムーミン谷の地図は、夏と冬の季節別に一枚ずつ描かれています。これらの地図から、屋敷周辺のおおまかな位置が明らかになってきます。

屋敷の周りには、ライラックやジャスミンの茂み、ムーミンパパのたばこ畑があり、その先にはスナフキンが釣りを楽しむ小川が流れています。ここまではアニメでも位置関係が描かれていますが、他にも、屋敷の西には一家の「水あび小屋」のある海辺と、スニフが二作目『ムーミン谷の彗星』で発見する「どうくつ」があり、南には九作目『ムーミン谷の十一月』でトフトが迷い込む「いかりの森」が広がっています。さらに、北にはムーミンたちが冒険に行く「おさびし山」と、山の麓《ふもと》から谷に入るための「一本道」が屋敷に向かってまっすぐ伸びていることもわかります。二枚の地図から、アニメでは別々の場面で描かれる場所の位置関係が明確になり、ムーミンたちが暮らす周囲の様子を正確に把握することができます。

また、谷の「外」の地域の様子も、残り三枚の地図から多少うかがうことができます。

原作では、谷の外部も物語の舞台になっています。三作目『たのしいムーミン一家』で一家が訪れる「ニョロニョロの島」、四作目『ムーミンパパの思い出』でパパが若い頃に訪れる「王さまのいる国」、五作目『ムーミン谷の夏まつり』の洪水で流れ着いた地域、八作目『ムーミンパパ海へいく』の一家が移住する「灯台の島」など。このうち、五作目と八作目の場所は、二枚の地図に詳しく描かれています。

❖1……五作目『ムーミン谷の夏まつり』には「もみの木湾の地図」、六作目『ムーミン谷の冬』には「ムーミン谷の冬の地図」、八作目『ムーミンパパ海へいく』には「フィンランド湾の地図」、九作目『ムーミン谷の十一月』には「ムーミン谷の周囲を描いた地図」がそれぞれ掲載されています。一作目『小さなトロールと大きな洪水』、二作目『ムーミン谷の彗星』、三作目『たのしいムーミン一家』、七作目『ムーミン谷の仲間たち』には、同じ「ムーミン谷の地図」が掲載されています。四作目『ムーミンパパの思い出』に地図は掲載されていません。

洪水で流れ着いた土地の地図には、一家が避難し仮住まいにする劇場を中心に、東にスナフキンのいたキャンプ場、ミイが一人だけ流れ着いた岸辺、北にはムーミンとスノークの女の子が家族を捜してさまよう場所が記されています。また、灯台の島の地図では、一家が住処《すみか》にする巨大な灯台と島の周囲の概要が見て取れます。

谷の周囲を描いた地図から、ムーミン屋敷と、同じ谷に住むフィリフヨンカの家との位置関係を知ることもできます。地図には屋敷から南に離れた場所に「フィリフヨンカの谷」と記されています。この谷は、七作目『ムーミン谷の仲間たち』のフィリフヨンカ、あるいは九作目『ムーミン谷の十一月』のフィリフヨンカが住んでいる場所だと推測できます。[2]

原作に添えられた五枚の地図からは、屋敷の周りと、谷の外の地域、さらに度々屋敷を訪れる他の住人たちの家の周囲の様子を知ることができました。残念ながら、谷そのものと、谷の外に広がる地域とを一望に収める地図がないので、その関係を特定することはできませんが、それでも、これらの地図は、物語の舞台を把握するための重要な手がかりになっています。

❖2……フィリフヨンカは種族名であり、原作に登場する「フィリフヨンカ」は、同一人物ではありません。フィリフヨンカと呼ばれる存在は複数いるのです。これは「ヘムル」族や「ホムサ」族の場合も同様で、彼らもまた複数存在しています。

第三章　もう一つのムーミン谷

三作目
『魔法つかいの帽子』
（邦題『たのしいムーミン一家』）

「冬の世界」の発見

六作目『ムーミン谷の冬』に入ると、ムーミンたちの暮らす谷に「もう一つの世界」が存在していたことが初めて明かされます。アニメではこの世界についてほとんど言及しないため、原作を読んでいない方は、おそらく聞き覚えがないでしょう。

この世界は、一年のうち冬の季節に現れ、ムーミンたちの暮らす世界とは、生き物の特徴、文化、コミュニケーション手段さえもまったく異なる、いわば「正反対」の世界として描かれます。

原作の前半五作品の中で、この世界は一度も語られません。それにはムーミンたちの「冬眠」が関わっています。

ムーミンたちは秋の終わりに冬眠に入り、次の春を迎えるまで目を覚ましません。それに加えて、冬眠をしないスナフキンも南へと旅立ってしまいます。谷の表舞台からは主要キャラクターが一時的に姿を消すことになります。そのため、前半五作品の物語は秋の終わりに一旦幕を下ろし、春を迎えた頃に再び始められていて、冬の季節は決まって省略されていたのです。

ところが、六作目『ムーミン谷の冬』では、ムーミンが冬眠の途中、偶然目覚めたことで、冬の季節が初めて語られ、もう一つの世界が発見されることになります。

これまでも、この世界は前半五作品と違う世界だと指摘されてきましたが[1]、別の世界がどんな世界なのか、ムーミンたちの暮らす前半五作品の世界とどのように関わっているかについては、ほとんど言及されてきませんでした。

今回、私は、別の世界の発見が原作全体に与える影響を把握するべく、この点を改めて掘り下げてみたいと思います。ここからは二つの世界を分けて考え、別の世界を「冬の世界」、今までのムーミンたちの世界を「夏の世界」と呼ぶことにします。まずは、原作を詳しく読んで、冬の世界がムーミンたちの夏の世界と比べて、具体的にどのような違いを持つのか探っていきましょう。

「冬の世界」とは？

六作目『ムーミン谷の冬』は、ムーミンの冬眠の中断によって始まります。ムーミンは生まれて初めて雪を目にし、凍《い》てつくような寒さを肌に感じ、そして太陽の

❖1……冨原眞弓『ムーミン谷のひみつ』ちくま文庫、二〇〇八年、五八頁。

昇らない「極夜《きょくや》」の空を見上げて、まるで違う世界へ来てしまった印象を受けます。住み慣れた穏やかな夏の気候とは打って変わって、辺りは冷たく、未知の暗闇が広がっています。

ムーミンが直感的に感じる世界の違いは、物語が進むにつれて、次第に確信へと変わっていきます。

㈠世界の性質の違い

この物語における冬とは、一体どのような世界なのでしょうか。まず、冬は「曖昧《あいまい》な世界」だと定義できます。それは、ムーミンが冒頭に森の中で出会う「おしゃま」という冬の伝道師のような役割を担った人物から告げられます。おしゃまは冬の世界全体を、ムーミンに次のように説明しています。

雪って、つめたいと思うでしょ。だけど、雪小屋をこしらえて住むと、ずいぶんあったかいのよ。雪って、白いと思うでしょ。ところが、ときにはピンク色に見えるし、また青い色になるときもあるわ。どんなものよりやわらかいかと思うと、石よりもかたくなるしさ。なにもかも、たしかじゃないのね。

(『ムーミン谷の冬』三五—三六頁)

冬の世界の特性について、彼女は雪を例に説明しています。雪は色彩も質感も定まらず、定義しようにも視覚にも触覚にも頼ることができません。雪の両義的な特徴は「実体の曖昧な性質」を表しています。

また、彼女は別の場面で、オーロラについて触れながら、「ものごとってものは、みんな、とてもあいまいなものよ」と簡潔に語ります。この言葉から、冬の世界全体がオーロラのように「曖昧」であることが示され、「夏では当たり前だったものが、冬では曖昧になる」という、夏の世界との根本的な違いを読み取ることができます。

一見、抽象的すぎる喩《たと》えのようにも思えますが、これはムーミンが次に出会う冬の生き物の「見た目」や「性質」によって、裏打ちされるのです。

②キャラクターの違い

おしゃまは冬の登場人物の中で、唯一人間らしい見た目をしていて、会話も通じます。ところが、他の冬の生き物たちはムーミンとまるで違う、いくつかの不思議な性質を持って登場しています。

最初に出会うのは、屋敷の中の「調理台の下の二つの目」です。この生物はムーミンがいくら呼びかけても反応せず、決して姿を現しません。ムーミンは、夏の生き物たちならだれでも返事を返すのに、と相手に違和感と戸惑いを覚えます。

次に、おしゃまに連れられて行った水浴び小屋では「すがたの見えないとんがりねずみ」八匹と出会います。挿絵では、とんがりねずみの差し出したスープとスプーンが空中に浮き、ムーミンが驚いたように目を見開いている様子が描かれています。彼らは先ほどの生き物のように返事をしないどころか、目に見える「実体」すら持っていません。とんがりねずみの存在は、空中に浮いたスプーンの動きや、口笛の音からしか確かめることができず、ムーミンは未知の生き物たちを前に動揺を見せます。

さらに、冬の生き物には「ムーミントロール族のご先祖様」も含まれます。第一章で触れたように、ご先祖様は民話のトロールのように全身を覆《おお》う黒い毛や長い尻尾を持ち、先祖といってもムーミンとは「見た目」がまったく違っています。それに加えて、ご先祖様は他の冬の生き物と同様、言葉が通じません。ご先祖様はムーミンが話しかけても返事をしないため、彼らは同種族であるにもかかわらず、意思疎通を図ることができないのです。

このように、冬の生き物はムーミンとは明らかに違った姿や属性を備えて登場するのです。

調理台の下の二つの目がムーミンに返事をしないことから「性格が内向的」であることや「言葉が通じない」こと、また「コミュニケーション手段が違う」可能性が浮かんできます。とんがりねずみは「実体」を持っていないのですから、そもそも存在のあり方が異なります。他に登場する冬の生き物を見ても、彼らの多くは「実体を持たない」か、あるいは「実体を明かさない」かのどちらかに当てはまることがわかります。

また、ムーミンとご先祖様の間には「住処《すみか》」の違いがあります。ムーミンは普段清潔に保たれた屋敷に住んでいますが、一方で、ご先祖様はストーブの中や戸棚の中といった「薄暗くて汚い場所」を好んでいます。

ムーミンと冬の生き物の間には、「性格」「コミュニケーション」「見た目」「住処」という、四つの対照的な属性・性格の違いが横たわっています。両者はまったく違う種類の生き物であることが示唆されます。

そして、冬の生き物の見た目は、冬の世界全体の特徴とリンクしていることがわかります。

六作目『ムーミン谷の冬』のクライマックスである冬至祭の場面で、ムーミンは祭りの炎を通して、「すがたの見えないとんがりねずみ」を含めた冬の生き物たちの姿を一度だけ確認するのです。

挿絵の中で、ムーミンは冬至祭の様子を崖の下から見上げています。冬の生き物たちのシルエットは、同じ画面の端のムーミンと比べて、輪郭のぼやけた黒い塊《かたまり》のように描かれています。目や耳はつり上がり、体が細長く、どんな動物にも喩えようのない不気味な姿をしています。ここから、彼らの姿は普段目にすることができないばかりか、たとえ目撃できたとしても、その実体をはっきりと確認することが難しい、極めて「曖昧」で不定形の存在であると想像されるのです。

この曖昧な特徴は、冒頭でおしゃまが定義した、冬の世界全体が視覚にも触覚にも頼ることのできない「すべてが曖昧な世界」であるという特徴をそのまま反映しているでしょう。

「この世のものではない動物」と「ひみつのあな」

冬の生き物とは、一体何者なのでしょうか。彼らについて知るためには、伝道師のおしゃまの言葉が鍵になってきます。次のように説明しています。

この世界には、夏や秋や春にはくらす場所をもたないものが、いろいろといるのよ。

みんな、とっても内気で、すこしかわりものなの。ある種の夜のけものとか、ほかの人たちとはうまくつきあっていけない人とか、だれもそんなものがいるなんて、思いもしないいきものとかね。その人たちは、一年じゅう、どこかにこっそりとかくれているの。

（『ムーミン谷の冬』六〇頁）

冬の生き物は「夜のけもの」や「思いもしないいきもの」と形容され、「この世のものではない動物」という不気味な名で呼ばれます。それに加えて、彼らは別の場所からムーミンたちが暮らすこの世界に一時的に侵入したのではなく、彼らは一年中「ひみつのあな」と呼ばれる谷のどこかに隠れていたという、驚くべき事実が明かされます。

つまり、冬の生き物はムーミンたちが春から秋にかけて谷で生活しているときも、谷に存在していることになります。毎年冬が訪れるたび、冬の生き物はまるで日が沈んだ部屋に影が伸びていくように、ムーミンたちが寝静まった谷を占領し、やがて春を迎えて太陽が昇る頃になると、再び元の場所へと跡形も残さずに引っ込んでいたのです。

ムーミンたちが冬の世界にまったく気づかなかったことの例が、海辺の水浴び小屋に表れています。

水浴び小屋は、ムーミンたちが夏に海で遊ぶための休憩所として使われていました。ところが、ムーミンが小屋を訪れてみると、そこは冬の間、おしゃまの一時的な住まいになっていたことが判明します。しかも、彼女だけでなく、すがたの見えないとんがりねずみ八匹や、ご先祖様まで共に暮らしていました。

ムーミンは毎年水浴び小屋を訪れていたにもかかわらず、実際に冬の生き物と出会うまで、彼らの存在に少しも気づくことがありませんでした。

「冬の世界」の正体

それでは、「冬の世界」をもう少し掘り下げるために、ここからは原作から一旦離れて「冬」という季節が持つ意味について考えてみましょう。

世界の多くの民族の中で、冬は「危険な時期」だと認識されてきました。冬を迎えると、日照時間が減ることで人々の生命力が落ち、また暗闇によって視力も奪われることから、私たちの生きる世界に「なにか違うもの」が入り込むと恐れられてきたのです。[2]

それは、日本語の「冬」という言葉の語源にも見ることができます。民俗学者の折口信夫によると、冬は「殖《ふ》える」という語源を持ち、魂《たましい》が殖えるという意味がある、と言われています。[3] この魂とは、冬の間に土の中で根付く、草木の根の新しい魂を指していますが、加えて、私たちの目には見ることができない「死者」や「精霊」の魂のことも指す、と考えられています。

たとえば、みなさんもご存じのハロウィンは、冬に入る前の特別な祭りとして、かつてはヨーロッパ各地で行われていました。この祭りには、人々が死者や精霊に似せた衣装を身に纏《まと》い、街へ繰り出して死者たちの行動を真似て悪さをします。本当の災厄《さいやく》に見舞われる前に、擬似的《ぎじてき》な悪事を自分たちが演じ、その結果、お祓《はら》いをする意味が込められています。[4] カナダの先住民族の一部には、冬になると家族ごとの生活を解散して部族でまとまって暮らし、長期間にわたって宗教的な祭りを行う人々がいました。[5] 冬を迎えると、特別な祭りを行い、あるいは生活様式を一変させることによって、冬という謎に満ちた危険な時

❖2……ミルチャ・エリアーデ『永遠回帰の神話――祖型と反復』堀一郎訳、未來社、一九六三年、八五―九七頁。

❖3……折口信夫「年中行事――民間行事伝承の研究」『折口信夫全集一七』、中央公論新社、一九九六年、五九―六一頁。折口信夫『古代研究Ⅰ――祭りの発生』中公クラシックス、二〇〇二年、三三〇頁。中沢新一『熊から王へ』カイエ・ソバージュⅡ、講談社選書メチエ、二〇〇二年、一六四―一六八頁。

❖4……クロード・レヴィ＝ストロース、中沢新一『サンタクロースの秘密』せりか書房、一九九五年、四七―四九頁。

❖5……小口偉一、堀一郎監修『宗教学辞典』東京大学出版会、一九七三年、六八四―六八九頁。

期をなんとか乗り切ろうとしてきたのだと思います。

これと同じ考えは、北欧のスカンディナビアの民族や、[6]ラップランドの先住民族サーミ族[7]にも指摘でき、そこで生まれた、私たちのよく知るムーミン谷にも見出すことができます。

谷では、日照時間が最も長い夏至の日にムーミンたちによる「夏至祭」が、反対に最も短くなる冬至の日に、冬の生き物たちによる「冬至祭」が行われます。これらの祭りは、ヨーロッパ各地で古くから行われてきた伝統的な火祭りで、人々は地域ごとに巨大な火を焚《た》くことで闇を追い払い、太陽の復活を願う意味を込めていました。ムーミン谷を包み込む世界――トーベ・ヤンソンの想像力――にあっても、冬は「なにか違うものがやってくる危険な季節」と捉えられているようです。

• • •

原作の「冬の世界」とは、死者たちの生きる世界なのでしょうか、それとも精霊の世界なのか。答えを得るためには、冬の生き物たちが春から秋にかけて身を潜める「ひみつのあな」の場所と、冬の生き物の名称・特徴がヒントになりそうです。

ひみつのあなの所在は、おしゃまの「どこかにこっそりとかくれている」という台詞から「谷のどこか」だとわかります。しかし、ムーミンたちが過ごす谷の辺りで隠れられる場所と言えば、谷の周囲を囲む「森」をはじめとする自然の中しかありません。森と言えば、第一章で述べたように、「精霊たちの住処」に当たります。とすれば、「ひみつのあな」に身を潜める彼らもまた「精霊」ではないかと考えられます。それを裏付けるように、冬の生き物たちはおしゃまから「この世のものではない動物」と呼ばれていました。彼らの奇妙な名前や形容――「夜のけもの」や「思いもしないいきもの」、「この世のものではない動物」など――は、冬にだけやってくる「死者」や「精霊」を思い起こさせます。

それでは、冬の生き物たちはムーミンたちと同じ類の「精霊」なのかと言うと、そうではありません。それは、彼らの見た目や暮らしぶりを、ムーミンたちと比べるとわかります。

冬の生き物はムーミンたちと違って夏に姿を現さないばかりか、「実体を持たない」あるいは「実体を明かさない」ものでした。その姿は輪郭がぼやけたシルエットでしか見ることができません。さらに、冬の生き物たちの暮らしも、ムーミンたちと大幅に違ってい

❖6……キアステン・ハストロプ編『北欧社会の基層と構造1――北欧の世界観』菅原邦城、新谷俊裕訳、東海大学出版会、一九九六年、四三―五五頁。

❖7……ヨハン・トゥリ『サーミ人についての話』吉田欣吾訳、東海大学出版会、二〇〇二年、四五―四六頁。

ました。最もわかりやすい例が、彼らの祭りの違いです。ムーミンたちの夏至祭は家族や友人と豪勢な料理を囲む「パーティー」として行われていました。しかし、一方で、冬の生き物たちの冬至祭は、巨大な火を焚いて歌と踊りで行う「神聖な祭り」として語られます。冬の生き物たちの暮らしには、ムーミンたちと比べて、私たち人間に近しいほどの「文化的」な営みが一切うかがえないのです。

彼らの隠れ処《が》と名前、ムーミンたちと異なる特徴を踏まえると、冬の生き物たちは精霊のムーミンたちも知らない、さらに自然の奥深くに存在する「原始的な自然霊」と呼べるような存在ではないか、と思われてくるのです。

ここまで、ムーミンたちの目を通して、北欧の森の精霊たちの世界を追ってきました。そして、六作目『ムーミン谷の冬』で、ムーミンたちの精霊世界に新たな「奥行き」が生まれることになりました。森の奥に潜んでいた自然霊たちが、私たちの前に現れてきたのです。

冬の世界の出現は、ムーミンたちが前半五作品で暮らしてきた世界の存在そのものを、根底から覆《くつがえ》すほどの重大な物語構造上の画期となります。この事態を前に、冬眠中の家族が目覚めるまでの間、ムーミンは一体どのように行動するのでしょうか。

原作の大改稿

ノート③

原作の児童文学は執筆開始から一三年後、一九六八年までに大幅な改稿が行われています。作品執筆の経緯をたどってみると、アニメ『楽しいムーミン一家』はもちろん、コミックも、私たちが現在入手できる原作すらも、創作当初の作風と比べて大幅にずれていることがわかります。今では、改稿以前の原作は日本語版のみならず、本国のフィンランドでも入手できません。しかし、改稿前の作品世界の名残《なごり》は、唯一手を入れられなかった小冊子『小さなトロールと大きな洪水』から察することができます。

小冊子の段階では、その後展開されるムーミン谷の物語群の構想ができあがっていませんでした。そのため、初期の作風は独自の世界観を持たず、他の傑出した児童文学の影響を多く受けていました。その影響は、登場するキャラクターから読み取れます。

たとえば、『小さなトロールと大きな洪水』には、「チューリッパ」と呼ばれる、花の中から生まれた青い長髪の女性が登場しています。この少女はカルロ・コッローディの『ピノッキオの冒険』で、ピノキオを人形から人間に変える妖精をモデルにしている、と言われています。この点は、『小さなトロールと大きな洪水』の再版時のまえがきの中で「この物語は、わたしが読んで好きだった、子どもの本の影響をうけています。たとえばジュール・ヴェルヌやコローディ（青い髪の少女）などが、ちょっぴりずつ入っています」と、著者のヤンソン自身も認めています。[❖1]また、舞台の設定にも、アニメの北欧らしい風景とはおよそ異なる環境が用意されています。二作目『ムーミン谷の彗星』（改稿前の旧題は『彗星を追って』）と四作目『ムーミンパパの思い出』（旧題『ムーミンパパのほら話』）などでは、「椰子《やし》の木」が生えていたり、「ワニ」が登場したりと、北欧では見受けられない、南国の植物や動物が登場しています。

初期のキャラクターと舞台設定は、一九六八年までの改稿によって、大幅に変更されることになります。ピノキオの妖精をモデルにしたチューリッパたちはもはやシリーズに登場せず、ワニはリスなど高緯度地域の動物たちに置き換えられます。また、椰子の木も、ライラックやジャスミンの花、またはリンゴンベリー（コケモモ）やラズベリーなどへと書き換えられました。[❖2]

作品に横溢《おういつ》する北欧らしい自然や文化は、執筆開始後しばらく経って、意図的に導入されたのです。この調整によって、ムーミンの物語は著者のヤンソンが暮らした北欧の自然や信仰、民話などに基づいた世界観に据え直され、他の児童文学と一線を画す、オリジナリティを備えるようになりました。

❖1……トーベ・ヤンソン『小さなトロールと大きな洪水』冨原眞弓訳、青い鳥文庫、講談社、一九九九年、五頁。

❖2……『ムーミン谷博物館二〇周年記念誌――ムーミン谷の不思議な自然』展覧会カタログ、タンペレ市立美術館ムーミン博物館、二〇〇七年、三九－四四頁。

第四章　境界線の破壊

四作目
『ムーミンパパの回想録』
（邦題『ムーミンパパの思い出』）

世間知らずの主人公

冬の世界の発見は、ムーミンたちが前半五作品で暮らしていた世界を揺るがせる重大な契機《けいき》となりました。この発見に伴い、「主人公の自立」という、付随する二次的主題が姿を現します。ムーミンの自立は、これまでも既に指摘されてきましたが、[1]六作目までの話の展開と関連づけて考えられてきませんでした。そのため、今回はムーミンの自立がもたらす、彼らの世界全体への影響について考えてみたいと思います。

第二章で触れたように、ムーミン以外の住人たちは、谷の「外」から移住した「孤児」でした。彼らの暮らす谷の外部は、前半五作品の中で、ニョロニョロの大群が現れたり、人喰い植物が咲いていたり、はたまた巨大なルビーを探し求める飛行おにが襲ってきたりと、多くの危険に満ちた場所として語られてきました。そのため、スナフキンをはじめとする孤児たちは、両親や周りの力を借りることなく、自ら身を守り、食べ物を確保しなければならなかったのです。その経験からすでに「自立」を果たしていたのです。

ところが、ムーミンだけは谷の「内」で生まれ育ち、両親も揃《そろ》っていて、ほとんど苦労をしたことがありません。そのため、前半五作品の旅の中で、ムーミンは必要以上に荷物を抱えすぎて足手まといになったり、土地勘《かん》がないせいで道に迷ったりしたのでした。彼の行動は友人たちのそれと比べて、明らかに「世間知らず」な印象を残します。ムーミンが外へ旅に出ても一向に成長できないことには、二つの原因があります。「ムーミンママの過保護」と「屋敷の存在」です。

ムーミンママは、息子の旅を聞きつけるとスナフキンやスニフなど「同伴者」を必ず用意し、旅先でのアクシデントに備えて多くの「装備」を持たせます。サンドイッチ、ぶどうジュースなどの食糧や飲料に止まらず、腹痛止めの薬から厚手の靴下まで、あれもこれもを揃えて持たせるのです。そのため、ムーミンは、外で食べ物を確保できなくてもリュックを漁《あさ》るだけで空腹を満たすことができ、たとえ拾い食いをしてお腹を壊しても、薬を飲めば簡単に回復してしまいます。

ムーミンの成長を妨げるもう一つの原因は「屋敷の存在」にあります。たとえ「外」で危ない目に遭遇しても、ムーミンは住処《すみか》である聖地（谷）まで逃げて帰れば、ほとんどの危険を回避できます。万が一、その危険が谷の内まで入ってきたとしても、息子の帰りを待ちわびるムーミンママが必ず追い払ってくれるのです。そのため、ムーミンは成長のチャンスを前にしても、そのチャンスを活かせず、すぐに屋敷へ逃げ帰ってしまう癖がつ

❖1……冨原眞弓『ムーミン谷のひみつ』ちくま文庫、二〇〇八年、六三頁。

いているのです。

前半五作品を振り返ってみると、ムーミンは谷の外の旅へ出ても「ムーミンママの過保護」と「屋敷の存在」によってほとんど成長することができません。スナフキンたちのように一人前の存在へと「自立」を果たすには至りませんでした。

転機が訪れるのは、六作目『ムーミン谷の冬』です。ムーミンは生まれて初めて「母親の力が及ばない世界」へ導かれ、一人きりの旅が課せられることになります。[2]

もちろん、当初ムーミンは、見知らぬ冬の世界と謎めいた生き物たちを前に戸惑います。しかし、冬の生き物たちに谷を占領されていることに腹を立て、冬眠中の家族の身を守るために「冬の正体」を突き止めようと考えます。ムーミンは母親に過保護に育てられたために他人に強く出られず、その上に世間知らずであるせいで他者に対する警戒心も弱いことから、冬の生き物たちを無理やり追い出すことはしません。

そこで、ムーミンは自分なりに考えた「ある行動」を起こしていきますが、この行動は彼の思いとは反対に、自分たちが住む夏の世界を守るどころか、むしろ「破壊」することにつながってしまいます。

ムーミンは、一体どのような行動を起こして、夏の世界を壊してしまうのでしょうか。

ムーミンの破壊的行動

きっかけになるのは「ご先祖様との交流」です。

第三章で説明したように、ムーミンとご先祖様は、見た目をはじめ、文化や習慣、言語すらも違っていて、まるで対極的な存在でした。

しかし、ムーミンは同じ種族のご先祖様を理解することで、冬の世界の正体を突き止められるのではないかと考えたかのように、自ら行動を起こしていきます。

①ご先祖様の受け入れ

水浴び小屋に隠れていたご先祖様は、ムーミンに発見されると、突如彼の住む屋敷へとやってきます。初めのうち、ムーミンはご先祖様の勝手な訪問に戸惑いますが、ムーミンママなら親族をもてなすだろう、と考えます。そこで、ムーミンはご先祖様に、家族が冬眠する屋敷の中を案内して回ります。

❖2……ミイも途中から目覚めますが、ムーミンの重要な行動には関与しておらず、ムーミンの行動はすべて単独で決断されています。

ところが、ご先祖様は夜になると、家具の配置をでたらめに変え、まるでゴミ箱をひっくり返したかのように部屋を散らかして、野蛮な振る舞いに出ます。ご先祖様は、部屋を巨大な巣のように変えてしまうと、「大ストーブ」の中に潜り込み、さらに居心地のよい寝床をこしらえて、そこに住み着いてしまうのです。

注目すべきは、次のムーミンの行動です。ムーミンはご先祖様の身勝手な振る舞いを理解できずに首をかしげますが、部屋を荒らされたことにも、ストーブの中に住み着いたことにも反論せず、すべて受け入れてしまいます。

ところが、この受け入れと放任は、手本にしたはずのムーミンママの行動とは少し違っています。ムーミンママの場合、客人はあくまで「夏の生き物」に限るため、ご先祖様のような「冬の生き物」には当てはまりません。もし冬の生き物が相手であれば、前半五作品でモランを追い払ってきたように、ムーミンママは警戒を怠《おこた》らないはずなのです。今ムーミンが相手にしているのは冬の生き物であり、ムーミンの行動は、得体の知れない生き物をほとんど考えなしに屋敷へ迎え入れる、なんとも危険な振る舞いなのです。

②同じ巣で眠る

ムーミンは、ご先祖様の身勝手な行動を受け入れるだけに止まらず、「ご先祖様と同じ巣で眠る」という自発的な行動を起こしていきます。

ムーミンは、アニメを見てもわかるように、普段屋敷の清潔なベッドで眠っています。それと比べて、ご先祖様の巣はゴミ溜《た》めのように汚く、ムーミンは「苦手」だと感じています。しかし、ムーミンはご先祖様と少しでも心を通わせるために、意を決して、散らかった巣に潜り込み、「同じ巣で眠る」ことを試みます。

それから、ごちゃごちゃした道具や、から箱や、おさかなをとるあみや、まるめた紙や、ふるいかごや、お庭の道具のかたまっている中へ、もぐりこんでみました。そうすると、たちまちそこが、すばらしくいごこちがよいのに気がつきました。

（『ムーミン谷の冬』一〇七頁）

ムーミンは巣に潜ると「すばらしくいごこちがよい」ことに気づきます。二人の間に初めての共通の感覚が生み出されるのです。

二人は見た目も言葉も、正反対と言えるほど違っていて、同じ種族としての共通点は一つもありませんでした。ところが、ムーミンはご先祖様の行動を真似することで、「暗くて散らかった巣を好む」というムーミントロール族の習性を体得していくのです。

二人に共通点が見つかると、ムーミンは次の場面である変化を遂げます。

えんとつをとおして、かれはなにかご先祖に声をかけてみようかと、ちょっと考えてみました。なにか、したしいあいさつのようなものを――。

けれども、思いなおして、そんなことはしませんでした。

ムーミントロールは、ランプをけすと、きわたの中へ、ふかくもぐりこんだのです。

（『ムーミン谷の冬』一〇八頁）

ムーミンはこれまで、冬の生き物に対しても、スナフキンたちと同じように挨拶をして会話を試み、夏の生き物同士のコミュニケーションを頑《かたく》なに貫こうとしてきました。ところが、ムーミンはこの場面で夏の「したしいあいさつ」をやめ、驚くことに寡黙《かもく》になり、「冬の生き物のコミュニケーション」を身につけてしまうのです。

ご先祖様の身勝手な行動を受け入れ、さらに自分も行動を真似することで、ムーミンはご先祖様と対等の立場になったのです。そして、ようやくご先祖様に心を開いてきたところで、ムーミンはランプを吹き消します。実は、ムーミンが最後に起こす、この何気ない行動こそが、夏の世界を崩壊へと導く「決定的な行動」となってしまうのです。

③境界線「光」の破壊

最後のムーミンの行動は、二つの世界の「境界線の破壊」の意味を持っています。この行動がなぜ境界線を壊すのでしょうか。六作目で明かされる「境界線」を考えます。

六作目『ムーミン谷の冬』では、二つの世界の境界線に「光」が設けられている、と考えられます。境界線の光、具体的には、「太陽」「冬至祭の炎」「石油ランプ」の三つの光です。

まず、光としての「太陽」が二世界の境界に設けられていること、これは、二つの世界の入れ替えに太陽が関係していることから読み取ることができます。秋の終わりに太陽が沈み、ムーミンたちが冬眠に入ると、冬の生き物たちが谷の表舞台に登場します。反対に、冬至祭を終えて太陽が復活すると、彼らは姿を消し、今度はスナフキンやムーミンママが谷に戻ってきます。二つの世界の入れ替わりを促《うなが》すのが「太陽」です。太陽とその光は境界線として機能しているのです。

二つ目（冬至祭の炎）と三つ目（石油ランプ）は、冬至祭の挿絵から説明が可能です。❖3

❖3……トーベ・ヤンソン『ムーミン谷の冬』山室静訳、青い鳥文庫、講談社、一九八二年、八三頁。

挿絵では、冬の生き物たちが崖の上で巨大な「炎」を囲んで冬至祭を行い、それを崖の下から、ムーミンが「石油ランプ」を手に見上げる様子が描かれています。両者は画面の端に位置して、ムーミンのいる崖の下は白く、反対に冬の生き物たちのいる崖の上は黒く、強いコントラストをつけて描かれています。この挿絵に、二つの光を読み取ることができます。

一つは、冬の生き物が巨大な「炎」によってその姿を暴《あば》かれていることです。ムーミンは、炎が発する光を通して、これまで実体を明かさなかった彼らの姿を初めて目撃するのです。もう一つは、ムーミンが携《たずさ》える「石油ランプ」の光が、彼を周囲の暗闇から守っていることです。ムーミンと冬の生き物たちの間には一定の距離が保たれ、ムーミンはランプを手に崖の下に立ちつくしたままです。

光は、多くの神話の中で人間の生きる世界の側を表し、暗闇に住む精霊や死者などが住む世界と明白に区別するための境界線として機能しています。[4] とりわけ、一年が夏と冬の二つの季節に分かれる北欧において、光はかねてから重要視されていました。[5] これと同じように、ムーミンの世界でも今しがた指摘した設定や挿絵から、三つの「光」が夏と冬の生き物の居場所をはっきりと分割する、世界の「境界線」として重要な役割を果たしていることがわかります。

先ほどの場面に、話を戻しましょう。

二人の間には「石油ランプ」が置かれています。三種の光が世界の境界線となっているという仮説を踏まえると、ムーミンがランプを吹き消したことは、境界線の光の「破壊」を意味するのではないか、と思われるのです。つまり、ムーミンがご先祖様を理解し、冬の世界を受け入れる気持ちになったとき、境界線は破壊され、二つの世界は混ざり合ったのです。

さらに、ムーミンの行動は、夏の生き物たちの避難所である「屋敷」を壊してしまうことにもつながったのです。

第二章で指摘したように、屋敷はこれまで夏の生き物たちの「避難所（＝シェルター）」の役割を果たしてきました。境界線の仮説を踏まえると、屋敷は「ストーブ」や「石油ランプ」の光で満たされることによって、それらの光が境界線となり、モランを含めた外の危険から住人たちを守ってきたのです。

しかし、いまムーミンが「ランプ」を吹き消し、ご先祖様が「ストーブ」を占拠したこ

❖4……小口偉一、堀一郎監修『宗教学辞典』東京大学出版会、一九七三年、六一九―六二〇頁。
❖5……キアステン・ハストロプ編『北欧社会の基層と構造1――北欧の世界観』菅原邦城、新谷俊裕訳、東海大学出版会、一九九六年、三七―四二頁。

とで、すべての光は失われました。このままでは、光を失った屋敷はもはや「避難所（＝シェルター）」ではなくなってしまいます。

ムーミンが夏の世界を守るために起こした行動は、二つの世界の境界となる象徴的な光を破壊し、二世界を混淆《こんこう》したことで、結果的に屋敷を危険にさらし、孤児たちの大切な避難所（＝シェルター）の喪失を招くのです。

生まれ育った屋敷の破壊

六作目『ムーミン谷の冬』の冒頭には、ムーミンとムーミンママの二人の挿絵があります。この挿絵は、前半五作品の二人が仲良く並んだものと比べて、まったく違う印象を与えるものとして知られています❖6。

挿絵の中で、ムーミンは薄暗い屋敷に一人きり、なんとも心細そうな表情を浮かべて立ちつくしています。彼のすぐ近くのベッドには、ムーミンママが眠っています。しかし、耳だけがほんの少し覗《のぞ》くだけで、母親としての役割を示す「エプロン」は外されていて、この物語に彼女は関与しないことが示唆されます。

ムーミンは、母親が表舞台から姿を消した世界で、一人で考え行動しますが、それは結果的に屋敷から光を奪い、避難所としての大切な機能を喪失させることにつながりました。実は、最後の「屋敷の機能停止」こそが「ムーミンの自立」において重要な意味を持っていると思われます。

ムーミンママは普段、屋敷の管理をして、家族や孤児の世話をしています。彼らの食事をつくり、身の回りの世話をすることはもちろん、彼らが抱える悩みや厄介事も見事に解決へと導いてきました。そのため、前半五作品の中で、多くの孤児たちはムーミンママを頼りにして屋敷に集まってきているのです。

屋敷は「ムーミンママ」の象徴です。ムーミンの「屋敷の破壊」は母親の殻を破ることを暗示しており、一連の行動には「自立を果たす」までの避けられない過程としての意味があった、と見なせるのです。

多くの児童文学では、子供の母親からの「自立」が主題として扱われています。幼い子供が母親の許《もと》を離れて旅をし、大人へと自立をする過程で、母親の象徴をなんらかの形で破壊してしまいます。それによって母親は役割を奪われ、主人公は母親に守られていた世界から脱し、自分の力で問題を解決する新しい世界へと導かれるのです。この定

❖6……冨原眞弓『ムーミン谷のひみつ』六〇―六三頁。

型の構造は、ムーミンの原作にも当てはまります。

ムーミンは前半五作品で、母親に持たされた重たい荷物を背負って旅に出かけ、スナフキンから荷物を谷底へ捨てるよう助言されました。それにもかかわらず、旅の日程が短いために助言の意味は伝わりきらないまま終わりました。しかし、六作目『ムーミン谷の冬』で、ムーミンは冬眠からの不意の目覚めという偶然の出来事によって、ようやく母親のいない世界で一人旅をして、そこで母親の象徴である「生まれ育った屋敷」を壊し、今まで彼女が守ってきた「夏の世界」自体を崩壊へと導きます。そのことを経て、一人前のムーミントロールへの一歩を踏み出すのです。

・・・

まもなく季節は春を迎えますが、谷は元通りにはなりません。冬の生き物たちはムーミンたちと同じ表舞台に「混在」してしまいます。そして、住人たちは「避難所（＝シェルター）」を失ったことで、以前のように集うことができなくなり、屋敷の外へと強制的に投げ出されるのです。

七作目『ムーミン谷の仲間たち』以降、谷の景色や住人たちの様子は大きく変わり、私たちはアニメでは一度も見たことのない「ムーミン谷の崩壊」を目撃することになっていきます。

挿絵の変化　ノート④

原作の挿絵[1]は、話の展開を補助する重要な役割を担っています。『ムーミン谷博物館二〇周年記念誌』の展覧会カタログをはじめ、既に指摘されるように、六作目『ムーミン谷の冬』から、挿絵は「色彩」「筆致」「画面構成」の三つの変化が表れてきます。私は、この挿絵の変化は、「もう一つのムーミン谷＝冬の世界」の発見によって、彼らの世界が崩壊へと追い込まれる展開を表しているのではないか、と思うのです。

前半五作品の挿絵では、主に白地の紙に黒インクを使用しています。キャラクターは至ってシンプルな形をしていますが、反対に背景は細かい線と模様の組み合わせによって緻密《ちみつ》に描き込まれています。そのため、画面は全体的に児童文学らしい、平面的な細密画に仕上げられています。

ところが、六作目『ムーミン谷の冬』に入ると、白地に黒インクの制作方法に加えて、黒地の厚紙をナイフで削って白い線を出す「スクラッチ」の手法が使われます。

六作目冒頭には、ムーミンが一人きりでリビングにたたずむ、ちょっと不気味な雰囲気を漂わせる挿絵が描かれています。中央のムーミンは、黒地の背景から瞳や白い肌が削り出され、背景と強いコントラストがつけられています。この効果によって、見知らぬ冬の世界の暗闇と静寂に投げ出されたムーミンの心細い心情を、読者は一目で読み取ることができます。この挿絵をはじめ、六作目ではスクラッチの手法を用いた挿絵が多く描かれ、全体の「色彩」のベースが白から黒に変わり、物語の舞台が「冬の世界」へと移ったことがわかります。[❖2]

手法の転換をきっかけに、七作目『ムーミン谷の仲間たち』では、白地に黒インクの挿絵にも「筆致」の大幅な変更が行われます。

七作目の各短編[❖3]では、スナフキンやフィリフヨンカたちが奇妙な生き物や出来事と遭遇し、激しく混乱する様子が描かれています。挿絵の中で、スナフキンたちの線は大胆に乱れ、キャラクターと背景の輪郭線も極めて曖昧《あいまい》になっています。この筆致によって、前半五作品の童話らしい細密さは失われていますが、その代わりに、今にも動き出しそうな躍動感が加わり、スナフキンたちが前半五作品と比べると別人のようです。感情を備えた姿に変貌《へんぼう》しているのです。[❖4]

また、「画面構成」にも変化が生じています。前半五作品の複数人が集合する構成から、後半四作品のキャラクターが単独で描かれる構成へと変わっています。


❖1……原作の挿絵は、ほとんどが一辺二〇センチにも満たない小さな紙に黒インクで描かれています。

❖2……冨原眞弓『ムーミンのふたつの顔』ちくま文庫、二〇一一年、一五九—一六〇頁。

❖3……「春のしらべ」と「この世のおわりにおびえるフィリフヨンカ」。

❖4……冨原眞弓『ムーミンを読む』ちくま文庫、二〇一四年、一四二頁。『ムーミン谷博物館二〇周年記念誌——ムーミン谷の不思議な自然』展覧会カタログ、タンペレ市立美術館ムーミン博物館、二〇〇七年、五一—五三頁。

三点の変化から、挿絵は、ムーミンたちの世界が「冬の世界」の介入によって大きく変化し、キャラクターの内面にも影響が生じたことを表現しているのがわかります。

原作の挿絵は、全編を通して、物語の展開を内容とは別の軸で補足する重要な役割を果たしているのです。

第五章　キャラクターの変貌

五作目
『なんでもありの夏まつり』
（邦題『ムーミン谷の夏まつり』）

五人のキャラクターの変化

スナフキンと言えば、だれもが憧れる人気のキャラクターです。

彼は屋敷の他の住人と違って、普段は谷の外を一人きりで旅する「自由と孤独を愛する旅人」です。毎年春から秋にかけて谷に滞在し、ムーミンたちの危機に際して、旅の経験から身につけた知恵を発揮して手助けをするため、スナフキンはまるで谷のヒーローのようです。彼の言動は、アニメはもちろん、原作でも同様にとても格好良く描かれます。

ところが、七作目『ムーミン谷の仲間たち』の短編「春のしらべ」には、私たちが憧れるスナフキンとは、いささか異なる姿が描かれています。自ら選んでいたはずの孤独を嫌い、本当は旅をするよりも友達と遊んでいたいと願う、なんとも子供らしい一面です。

この短編を境に、スナフキンは今までの大人びた振る舞いをやめてしまいます。それからの彼は、時に人前で暴れるほど腹を立てたり、また時にはムーミンと会えないことを悲しんで、他人にイライラしたりと、まるで別人のように喜怒哀楽を表に出すようになります。

私は、七作目における憧れのスナフキンの変化に戸惑い、何度も読み返すうちに、ある疑問を抱くようになりました。それは、もしかすると彼のこれまでの颯爽《さっそう》とした振る舞いは、個性的なキャラクターを演出するための「建前」であって、本当はまったく別の「本音」を秘めていたのではないか、という疑問です。

七作目には、スナフキンをはじめ、脇役のキャラクターにスポットを当てた短編が九つ収録されています。主人公は、スナフキンやムーミンパパ、フィリフヨンカ、ヘムレン、ホムサなど、前半五作品にも登場する個性的な谷の住人たちです。九つの短編のうち、五つには、今述べたスナフキンを典型に、「キャラクターの変貌《へんぼう》」という共通の主題が現れます。

そのきっかけになるのは「一つの出会い」です。

彼らはそれぞれ物語の中で、謎めいた出来事と遭遇します。それをきっかけに、自分たちの心に秘める本音に初めて気がつき、スナフキンと同じように、それまでの個性的なキャラクターを捨ててしまうのです。そして、彼らは別の人格として、新しい人生を歩み出すことになるのです。

七作目における登場人物の内面の変化は、これまでも指摘されてきたことですが[1]、そこにはまだ解けない複数の疑問が残されています。その疑問とは、スナフキンたちが、なぜ

❖1……冨原眞弓『ムーミン谷のひみつ』ちくま文庫、二〇〇八年、一四五―一八五頁、二〇七―二二〇頁。冨原眞弓『ムーミンのふたつの顔』ちくま文庫、二〇一一年、一六二―一六八頁。冨原眞弓『ムーミンを読む』ちくま文庫、二〇一四年、一四二―一四八頁。

従来のキャラクターから逸脱《いつだつ》していくのか、ムーミン谷にどのような異変が起こっているのか、という根本的な疑問です。今回、これらの疑問の答えを、第四章までの見解を踏まえて探ってみます。

第二章でも指摘した通り、住人たちはそれまで一定の距離を保って付き合ってきました。相手と深いところでつながれないために絆《きずな》を築けず、その結果、個性的ではあってもどこか演技的な振る舞いだけが目立ってしまいました。そのため、彼らの言動や関わり合いには、本心を隠し持っている印象が拭《ぬぐ》えませんでした。

以後、スナフキンが別人として再生する過程をたどり、続いて、他の四人の住人がそれぞれ変貌を遂げる理由を突き止めていきます。

スナフキンの変貌（短編「春のしらべ」より）

スナフキンは、ムーミン谷へ向かう途中の森で、一匹の名のない「はい虫」と出会います。

はい虫はスナフキンに憧れていると言って近寄り、自分に名前をつけて欲しいと頼みますが、スナフキンは「だれかの考えに従うと自由ではなくなる」と主張して、はい虫の頼みを断ってしまいます。

この対話の後、はい虫はそれまでの謙虚な姿勢から一変し、訳知り顔を浮かべて、スナフキンに奇妙なことを言い始めます。それは、スナフキンが「自由と孤独を愛する旅人」であることに対する「二つの矛盾」の論難です。

一つ目は、スナフキンが「旅人」とは言えないという批判です。


……それでいま、あんたは、ムーミン谷へでかけるとちゅうでしょ――あそこでひとやすみして、友だちにあうためにさ。

（『ムーミン谷の仲間たち』一一九頁）


はい虫は、彼が谷を訪れている目的は「旅」ではなく「友達に会うため」ではないかと指摘しているのです。

スナフキンの行動を調べてみると、たしかに旅をしているのは冬の間だけで、春から秋にかけては旅に出ることはなく、毎年ムーミン谷に滞在しています。もし彼が本物の旅人ならば、それだけの長い期間、同じ場所から動かないのは、不自然かもしれません。

スナフキンがはい虫の言葉に戸惑っていると、はい虫は続けて、もう一つの彼の信念、すなわち「自由」を愛することの矛盾を指摘し始めます。

ムーミントロールは冬眠からさめるがはやいか、もうあんたがくるかくるかと、まちかねているんだってね。だれかがあんたにあこがれていて、もういちどあいたいあいたいと思ってまっているのを知るのは、さぞ気持ちのいいことでしょうね。

（『ムーミン谷の仲間たち』一九―二〇頁）

はい虫は、唐突にムーミンの話題を持ち出します。

親友のムーミンは、はい虫が言う通り、冬眠から目覚めるなりスナフキンを待ち焦《こ》がれます。また前半五作品でも何か困り事があるたび彼に助言を求めるように、だれが見てもわかるほどスナフキンを慕《した》っています。しかし、スナフキンは「だれかの考えに従うと自由ではなくなる」という理由から、はい虫の命名依頼を断っています。その価値基準をここにあてはめてみると、ムーミンがスナフキンに傾倒することは「スナフキンの考えに従う」ことを意味し、結果、ムーミンの不自由に結びつくのです。

スナフキンが、はい虫の命名依頼を自由という価値を理由に断わるならば、ムーミンにも自分の意見を参考にすることを止めさせるはずです。しかし、スナフキンがそうしないのは、ムーミンに慕われることが「気持ちのいいこと」だからではないか、とはい虫は指摘するのです。

はい虫による友情と自由に関わる批判は、スナフキンが「自由と孤独を愛する旅人」のイメージを背負うことが、その実態と明らかに矛盾していることを突いているのです。実際、スナフキンを「旅人」とは言い難《がた》いですし、友人に慕われることを好むのも事実です。スナフキンは孤独と自由を主張していますが、実態は違うように思えてきます。スナフキンは矛盾を指摘されたことに戸惑い、はい虫と別れた後も気分が悪くなるほど思い悩むことになります。

その結果、スナフキンはそれまで心に秘めていた（あるいは、自分でも気づいていなかった）希望や理想や欲望に気づき、再び森の奥へと足を進めます。そして、はい虫と再会すると次のように告白するのです。

ぼくはね、まだ、ムーミントロールをたずねていくとちゅうだったんだよ。じっさいのところ、ぼくはあいつにあいたくてしようがないんだもの。

（『ムーミン谷の仲間たち』二七頁）

スナフキンは、谷へ行く目的は旅ではなく「ムーミントロールをたずねていく」ことであると認めます。そして、友達に「あいたくてしようがない」という子供らしい欲求も、包み隠さず明かすことになりました。

私たちの憧れのスナフキンは、はい虫という謎の生き物との出会いをきっかけに、心の中に秘める「本音」を自覚します。それまでの「自由と孤独を愛する旅人」の規範と矛盾することにも気づきます。そして、最終的にこれまでの行動を否定せざるを得なくなり、前半五作品と比べると、まるで別人のように子供らしいキャラクターへと変貌するのです。

他四人の変貌

他の短編のキャラクターたちも、スナフキンと同じように一つの出会いをきっかけに、自分たちの隠れた欲望や気づかなかった嗜好、つまり「本音」に目を向けます。

まず、ムーミンパパには、海辺で「三匹のニョロニョロ」が現れます。ムーミンパパはニョロニョロと旅をすることで、「冒険家になる」というのが、自分の建前上の理想あるいは夢想であって、本当は家族と平穏に暮らすのを望んでいることに気づきます。その結果、パパは家族の待つ谷の屋敷へと戻る決意をするのです。

次に、嘘をつくことが大好きな少年のホムサは、自分のついた嘘から生まれた「どろへび」と「いきたきのこ」という架空の生物に遭遇します。ホムサはこの生き物に追いかけ

人物	スナフキン	ムーミンパパ	ホムサ	フィリフヨンカ	ヘムレン
設定	自由と孤独を愛する旅人	冒険心の強い男性	嘘つきの少年	伝統を重んじる性格	集団生活の一員
本音	友達と遊びたい	家族と平穏に暮らす	怖がり	家宝を捨てたい	一人で暮らしたい
出会い	はい虫	ニョロニョロ	どろへびいきたきのこ	竜巻	大雨
結果	本音を吐露	谷へ帰還	嘘をやめる	習性から解放	一人暮らし

られ、実際に怖い思いをし、大切な弟までも巻き込んでしまったことから、嘘をつく癖を改めることになります。

フィリフヨンカも同様の経験を味わいます。彼女は「竜巻」によって長年大切にしてきた家宝を失います。しかし、そのとき悲しみよりも喜びを感じます。彼女がこれはなぜだろうと自問した結果、自分は家宝をどうあっても守るべき、と考えるような保守的な性格から解放されたがってきたことを初めて認識するのです。

また、ヘムレンにも同様の覚醒が訪れます。八週間続く大雨に一族の住処《すみか》が破壊され、集団生活を続けられなくなります。今回の大雨をきっかけに公園に移り住み、ヘムレンは今まで密かに望んでいた一人暮らしを始めるのです。

住人たちは、謎めいた生き物と出会い、あるいは災害に巻き込まれることで本音を知り、それがこれまでの言動と明らかに矛盾していることに気がつきます。その後、住人たちは最終的にそれまでと比べてはるかに自由に発言し、生き生きと行動し始めるのです。その姿からは、まるでなんらかの制約から解放されたかのような印象を受けます。それまでの言動はすべて演技的な振る舞いであって、七作目『ムーミン谷の仲間たち』の短編で明かされる姿こそが、彼らが本来望む行動、長らく隠されてきた彼らの願いではないか、という考えは確信を得ました。

それでは、はい虫たちとは一体何者なのでしょうか。そして、住人たちは、なぜ建前を指摘され本音を暴かれ、別人のように変化させられてしまうのか。彼らが変貌する過程の謎には、明確な答えが与えられないまま、短編は唐突に幕を降ろしてしまいます。これらの謎の真相に迫れるのであれば、彼らの身に何が起きているか理解が深まりそうです。

唯一の手がかりは、六作目『ムーミン谷の冬』からの物語の流れです。そこから、スナフキンたちの変貌の真相を明らかにしていきましょう。

冬の世界とのつながり

六作目『ムーミン谷の冬』で、私たちはムーミンたちが暮らす世界とは別の「冬の世界」があることを知りました。そこは、ムーミンたちとは似ても似つかない「冬の生き物」たちが住み、自然環境も、言語や文化も違う、とても不思議な世界でした。そして、終盤にはムーミンがご先祖様と交流を持つことで、二世界の境界線を意図しないままに壊してしまい、二つの世界が混ざり合ってしまう事態に陥りました。

七作目は、この流れを踏まえると、二世界の「混在後」を舞台にしていることになります。そのため、二つの世界の混在が、五つの短編に何かしらの重大な影響を与えているのではないか、と推測します。

この仮説に立って、七作目の短編を細部まで読んでみると、そこには「舞台の特徴」「挿絵の生き物の特徴」という、冬の世界の混在を示す二つの手がかりを読み取ることができます。

① 「ひみつのあな」という舞台

まず、各短編の舞台は「ひみつのあな」だと考えてみます。

「ひみつのあな」とは、第三章でも説明したように「冬の生き物」が春から秋にかけて身を潜める隠れ家のことです。原作には具体的な場所は示唆されていませんが、夏のムーミンたちが一度もその存在に気づかなかったことから、そこは森をはじめとする谷の周縁にあり、ほとんど人が立ち入らない自然の奥深くにあるのではないか、と思われます。

七作目の各舞台を見てみると、スナフキンは「森」、ムーミンパパは「海」、フィリフョンカは「海辺」、そしてヘムレンは「公園」、ホムサは「沼地」――いずれも自然の中に設定されていて、彼らは話の展開に従って、さらに自然の奥深くへと導かれていきます。加えて、舞台はいずれも人気《ひとけ》がなく、キャラクターが変貌を遂げる場面は、常に第三者が登場しない「一人きり」の状況で起きているのです。

キャラクターたちは自然の奥深く、一人きりのときに生き物や出来事と出会います。すると、舞台は人の立ち入りの難しい「ひみつのあな」である可能性が高くなってきます。仮に舞台が「ひみつのあな」だとすると、そこに登場するのは、冬の生き物ではないか、という疑いも浮上してきます。

②生き物の類似

七作目の冒頭には、はい虫がまぎれもない「冬の生き物」であることを示す挿絵が掲示されています。それは短編「春のしらべ」の中で、スナフキンとはい虫が最初に森の中で遭遇する場面です。

挿絵の中で、スナフキンとはい虫は、森の中で対峙《たいじ》しています。注意したいことは、二点あります。一つは、はい虫が暗い森の背景からスナフキンの前に姿を現し、スナフキンは彼の姿を「焚き火」を通して確認していることです。もう一つは、はい虫の体が荒いタッチで黒く塗りつぶされ、輪郭は極めて「曖昧《あいまい》」に描かれていることです。挿絵の二点の特徴は、六作目『ムーミン谷の冬』の冬至祭の場面を思い起こさせます。

第三章で述べたように、冬至祭の場面で、ムーミンは冬至祭の「炎」の向こう側に、冬の生き物の姿を初めて目にしたのでした。これと同じように、はい虫はスナフキンの熾《おこ》した焚き火の炎（境界線の「光」）によって姿を暴《あば》かれます。はい虫の、輪郭の定まらない外観は、冬の生き物の形態上の特徴と似ていますし、すべてが曖昧であるという、冬の世界の特徴と地続きであることもわかります。

七作目『ムーミン谷の仲間たち』に収録された他の短編にも、はい虫の同類（冬の生き物）たちが描かれています。『ムーミン谷の仲間たち』は邦訳版のタイトルですが、原題が『姿のみえない子とその他の物語』であることは示唆的です。ホムサが対面する「どろへび」も黒い体をしていて他の者の目には見えないことが暗示されています。ムーミンパパが出会うニョロニョロは、頭から胴体、足へと一続きになった不思議な見た目をしてい

❖2……「姿のみえない子」は、七作目『ムーミン谷の仲間たち』に登場する、ニンニという少女のことです。彼女は叔母からいじめられるストレスから、見えなくなりたいと願い、実際に自らの姿を失ってしまいます。挿絵には、ニンニの洋服とリボンだけが宙に浮いた、奇怪な様子が描かれています。

ます。彼らの姿態は明らかに「冬の生き物」を連想させます。

つまり、スナフキンたちは「ひみつのあな」で「冬の生き物」と出会い、それをきっかけに自己変革したと捉えることができるのです（大雨や竜巻は、厳密に言えば「生き物」ではありませんが、冬の生き物はもともと自然霊が曖昧な形を取ったものだったことを思い起こせば、これらもその仲間に数えてもよさそうです）。

・・・

七作目に収録された短編にあたると、「冬の世界」の特徴に密接に関わるテーマや背景が見受けられます。そして、ムーミン谷に射す、冬の世界の影響を感じないではいられません。六作目『ムーミン谷の冬』で、ムーミンが冬眠からの目覚めによって偶然見出した冬の世界、その世界の影響が、ムーミン以外のキャラクターたち、スナフキン、ムーミンパパ、フィリフヨンカ、ホムサ、ヘムレンなど、夏の生き物の前にも、とうとう現れてきたのです。前半五作品の谷と比べると、まさに異常事態に思えます。

避難所の喪失

住人たちは、なぜ別人のように変わってしまったのでしょうか。

前章でお話ししたように、ムーミンはひとり冬眠から目覚め、未知の存在（ご先祖様）と対面し、自力で困難を乗り越えようとしました。その努力も空しく、屋敷のストーブにご先祖様を住まわせて、夏と冬の境界線であった光を自ら吹き消し、二世界の混淆《こんこう》を呼び込んでしまいます。この行動によって、屋敷は、家族や住人を外から守るための「避難所（＝シェルター）」の役割を果たせなくなります。そのためにスナフキンたちは、以前のように屋敷に暮らすことができず、外に出て、単独での行動を余儀なくされてしまったのではないでしょうか。

繰り返せば、七作目に収録された短編の舞台は「ひみつのあな」だと推定されます。スナフキンは森の中ではい虫と対話をし、ムーミンパパも「遠く離れた島」まで三匹のニョロニョロによって連れ出されます。ホムサもまた、人気《ひとけ》のない「沼地の奥」へ足を踏み入れます。

つまり、五人の住人たちは、「夏の世界」と「冬の世界」が混ざり合ったことで、普段は立ち入ることのできない、自然の奥深くの「ひみつのあな」へと誤って足を踏み入れてしまったのだと思うのです。スナフキンたちは「ひみつのあな」に入ることで、今までは決して起こらなかった奇妙な出来事と遭遇します。この出来事をきっかけに、彼らは虚構のキャラクターから初めて解放され、生まれ変わることができたのです。すると、ムーミンとご先祖様の出会い（六作目『ムーミン谷の冬』）は、七作目における住人たちの変貌に先行する予兆だった、とも思われてきます。

原作の中で、なぜ七作目だけが「短編集」なのか、という理由が見えてきます。一つは物語の展開が強《し》いた、構成上の理由です。スナフキンたちは屋敷を失い、別々の行動を強いられました。そうなると、全員が同じ場所に集まる群像劇はもう成り立たないのです。もう一つの理由は、各キャラクターが自らの心の葛藤を直視し、その時に感じられる欲求をそのまま表に出せるようになる、そのような通過儀礼的な場面を描く必要が生じたからだと思います。

スナフキンやムーミンパパは、それまでなぜ「建前」に囚《とら》われ、なぜ心の奥に「本音」を隠してきたのでしょうか。彼らが谷の外で「孤児」として暮らしてきたことに関わりがありそうです。

彼らは長い放浪の果てに、見知らぬ谷にたどり着き、そこで家族でも友達でもない、赤の他人と暮らし始めることになります。幼いながらも、スナフキンたちは新しい場所で暮らすために、相手に気に入られることが必要になります。自分とはどういう人間なのか、周囲の人間に訴えなければなりません。演技された個性はいずれも建前ですが、彼らが孤児として、互いに警戒心を解けないままに谷で暮らすためには必要不可欠なものでした。

七作目において、スナフキンは建前と本音の分離に気づき、「自由と孤独を愛する旅人」という個性的なキャラクターを失い、その代わりに他人の評判に縛られない自由を初めて得ることになります。しかし、スナフキンは一方で、年齢相応に子供らしく未熟な「短所」を持つことにもなります。

八作目『ムーミンパパ海へいく』以降、スナフキンは人前で腹を立てて怒鳴ったり、イライラを他人にぶつけたりと、アニメからは想像もつかないキャラクターとして描かれるようになります。次の冬から、それまで大好きだった旅にも、とうとう出なくなってしまいます。スナフキンの別人のような振る舞いに接して、他の住人たちは以前と変わらずに、彼を慕うことができるでしょうか。

前半五作品では、ムーミンたちの間に喧嘩や言い合いは一度も起こりませんでした。しかし、ここからは、本音をぶつけ合うようになったので、葛藤が生じ、お互いに「不満」を持つようになります。そして、住人たちの人間関係は、最終巻にかけて徐々に複雑になっていくのです。

ジェンダーフリーの谷……ノート⑤

ムーミンたちは、当初はっきりとした「性別」を持っていなかったと言われています。もちろん、ムーミンパパやムーミンママなどの性別を指す名称は出てきます。しかし、前半五作品の挿絵を見ると、当時の一家はムーミンママのハンドバッグ以外の持ち物を持たず、全員体は白く、大人も子供も体の大きさに違いがありません。[❖1] そのため、一家が揃う挿絵では、三人の区別をつけることが極めて難しくなっているのです。

ムーミンたちの見た目に性別が加えられるのは、一九五四年のコミック『ムーミントロール』の新聞連載の開始時のことです。当時、新聞の関係者の助言を容れて、キャラクターの区別を読者にわかりやすく伝えるため、ムーミンママにはハンドバッグに加えて、赤いストライプの「エプロン」、ムーミンパパには「シルクハット」と「杖」を持たせ、一家とよく似た種族のスノークの女の子にも金色の「アンクレット」が添えられました。

日本のテレビアニメ『楽しいムーミン一家』制作の際には、男性は「寒色」、女性は「暖色」と色分けが行われます。この色分けによって、ムーミンたちにははっきりと性別の違いがつけられたのです。

ムーミンたちの性別が、作品発表後に付け加えられたということは、谷は当初、基本的に

「ジェンダーフリー」であったことがうかがえます。

他の住人に関しても、谷の住人のヘムレン（男性）がスカートを履いていますし、六作目『ムーミン谷の冬』のおしゃま（女性）も、ボーダーのシャツに長ズボンを履く、中性的な見た目をしています。このような箇所に当初の名残《なごり》を見ることができます。

❖1……冨原眞弓『ムーミンのふたつの顔』ちくま文庫、二〇一一年、三六―四〇頁。

第六章　住人の大移動

六作目
『トロールのふしぎな冬』
（邦題『ムーミン谷の冬』）

新しい場所を求めて

八作目『ムーミンパパ海へいく』では、住人たちの「大規模な移動」が行われます。その先陣を切るのが、最初に谷に住み始めたムーミン一家です。

ムーミン一家は養子のミイだけを引き連れ、これまで住み慣れた谷の屋敷を捨て、遠く離れた「灯台の島」に移住します。[❖1] 挿絵では、水浴び小屋の桟橋につけた小さな船に乗り込む、ムーミン一家のシルエットが描かれています。ムーミンたちは最低限の荷物だけを持って、だれにも告げず、真夜中にひっそりと谷を離れていきます。ムーミンたちの表情が描かれないために、本当に移住を望んでいるのか、あるいは戸惑っているのか、どちらの判別もつきません。

残された住人たちの内、スナフキンの消息は、九作目『ムーミン谷の十一月』でわかります。スナフキンは南へ旅に行く途中、思い立って旅を中断し、谷の屋敷へと引き返すことになります。他にフィリフヨンカ、ヘムレン、ミムラ姉さん、トフト、スクルッタおじさん、これら五人の住人たちも自宅で冬眠する代わりに、屋敷へと集まってきます。

八作目と九作目では、ムーミン一家の移住先での暮らしと、その不在となった屋敷に谷の住人が集まる様子が描かれます。

しかし、住人たちの移動に接すると、次々に疑問が浮かんでくるのです。

ムーミン一家は、どうして大切な住処《すみか》の谷を捨ててまで、遠く離れた島に移住したのでしょうか。そして、旅に出るはずのスナフキンや、冬支度を始めていたフィリフヨンカたちは、なぜ旅や冬眠を中断し、わざわざ屋敷へ集まってきたのか。

一家の移動は、ムーミンパパが父親としての自信を喪失し、新たに生活を立て直すために移住を決断する流れから、彼のメランコリーが原因だと推測されてきました。❖2しかし、今までの話の展開を踏まえると、移動の理由はそれだけでないように思えます。谷の住人たちの身と、舞台の谷に何か異常な事態が起きているのではないで

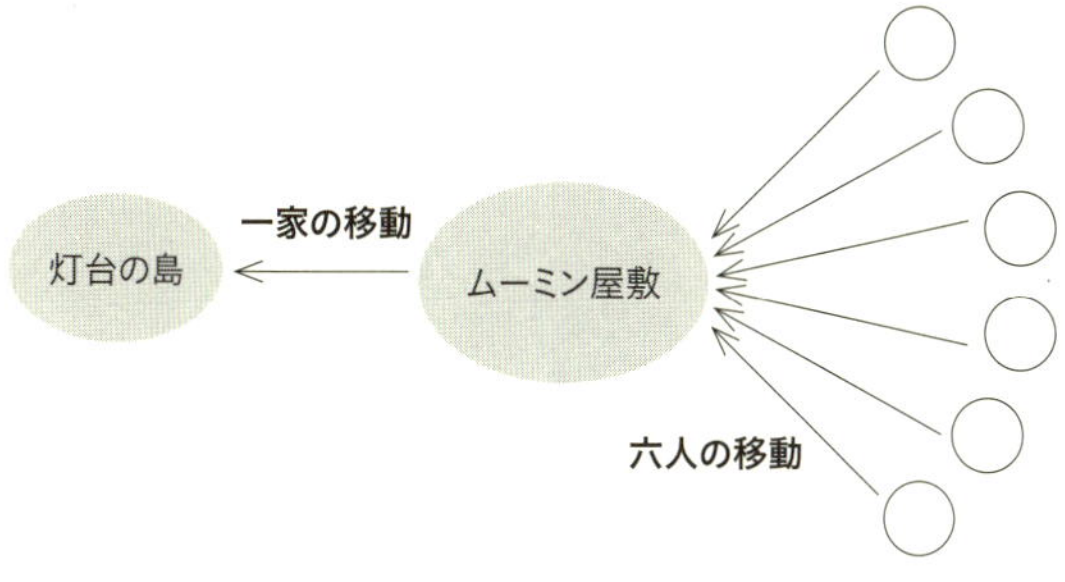

❖1……彼らと共に暮らしていたはずのスノークの女の子とスニフは、八作目『ムーミンパパ海へいく』の冒頭から忽然《こつぜん》と姿を消し、以後登場しません。

❖2……冨原眞弓『ムーミンを読む』ちくま文庫、二〇一四年、一六五―一六九頁。

しょうか。

ここで重要になるのは、二作品の季節が秋の終わりに設定され、まもなく「冬」を迎える時期に当たることです。六作目『ムーミン谷の冬』で「夏の世界」と「冬の世界」が混ざり合って以降、初めての冬がやってくるのです。

一家の移住先と、立ち去った後の谷の様子を眺め、彼らが移動した理由を探していきます。二つの世界の混在後、崩壊した世界は一体どのように描かれるのでしょうか。

二つの舞台

①灯台の島

一家の移住先の灯台の島はどこにあるのでしょう。島の位置は、「ムーミンたちの航海方法」「島の様子」「ムーミンパパの発言」の三つから探ることができます。

まず、ムーミンたちは、見晴らしの良い昼ではなく、あえて真夜中に出航し、さらに航海は、地図とコンパスではなく、「ムーミントロール族の嗅覚《きゅうかく》」を頼って行われると語られています。ムーミントロール族の祖先と言えば、六作目『ムーミン谷の冬』に登場したご先祖様を思い出します。この嗅覚とは、ムーミンたちには失われつつある、ご先祖様の嗅覚、つまり、ご先祖様の属する「冬の生き物の感覚」を指しているのではないでしょうか。すると、ムーミン一家は、冬の生き物たちが住む冬の世界へと続く「ひみつのあな」への道をたどっている、と考えられます。

島には巨大な灯台の他には何もなく、背の低い茂みと無数の岩だけしかない、殺風景で物悲しい場所が広がっています。肝心の灯台には光も点《つ》いていません。年老いた漁師が一人いるだけで、他にはだれも住んでいません。多くの住人で賑わう緑豊かなムーミン谷と比べて、灯台の島は明らかに異質な場所として語られます。

この灯台の島は、ムーミンパパによって次のように説明されています。

> これがさいごのさいごの島だということが、おまえたちには信じられるかね。このむこうには、だれも住んでいないんだ。〔……中略……〕人間が住んでいるのは、われわれよりはるかうしろの方の、本土にずっと近い島の上さ。
>
> （『ムーミンパパ海へいく』五二頁）

島は「さいごのさいごの島」であり、島の向こうには「だれも住んでいない」と語られています。ここから、移住先の島の場所を特定することができるように思います。

「人間が住んでいるのは、われわれよりはるかうしろの方の、本土にずっと近い島の上」

なのですから、灯台の島は、私たち人間には行くことのできない[3]「精霊の世界」にあることが読み取れます。また、この「人間」には、ムーミンたちも含まれません。彼らが自分たちを人間と呼んだことは一度もないからです。第一作『小さなトロールと大きな洪水』でも、ムーミンたち精霊のトロールと人間の区別は明白につけられていました。

「ムーミンたちの航海方法」「島の様子」「ムーミンパパの発言」の三つを踏まえると、彼らが移住する灯台の島とは、「冬の世界＝原始的な自然霊の世界」の只中にあるのではないでしょうか。私たち人間には行くことができない精霊の世界であり、ムーミンたち夏の生き物たちにとっても、立ち入ることのできる最後の島だと語られることから、灯台の島は二つの世界の狭間《はざま》にある、いわばこの世の果てのような場所だと思います。

灯台の島への移住は、ムーミン一家にある異変をもたらします。初めての「家庭崩壊」です。

一家は、前半五作品において、喧嘩や言い争いをしたことが一度もありませんでした。しかし、移住後しばらくすると、谷でも好きに暮らしていたミイばかりでなく、ムーミンパパとムーミンまでも住処の灯台から出て、別の場所で暮らし始めます。

最初に灯台に帰らなくなるのは、ムーミンパパです。ムーミンパパは家族のために新しく住む島や周辺の海の調査をするうちに、一日の大半を外で過ごすようになります。そして、ムーミンも初めての一人暮らしをします。ムーミンママは灯台に一人きりで残され、一家は別々の生活を送ることになりました。仲の良かった一家は顔を合わせる回数が減り、会話も滅多にしなくなると、お互いに不満を持ち、やがて相手を否定し出すのです。

たとえば、ムーミンパパは、自分が熱心に行っている島の調査の意義が家族には理解されないと腹を立て、反対に、ムーミンは、ムーミンパパが異常なほど研究に没頭する様子に、「ちぇっ、おやじがなんだってんだ」と言って嫌悪感を露わにします。さらに、二人が灯台に帰ってこなくなると、ムーミンママも二人に対する怒りがこみ上げ、久しぶりに再会したときには「ふたり（の見た目）はまるで洋なしそっくり」と、なんとも辛辣《しんらつ》なことを思うのです。

ムーミン一家は、住み慣れた谷から離れ、ひみつのあなをたどり、精霊たちの世界に足を踏み入れたことによって、もはや家族とは呼べない関係になりはてています。

❖3……第一章の中で、谷は精霊たちが住む聖地だと指摘しました。その精霊には、ムーミンだけでなく、人間に近い見た目をしたスナフキンやミイたちも含まれると考えられます。そのため、八作目に登場する漁師も、人間ではない、精霊のような存在に当たる、と捉えられるのです。

②ムーミン谷の異変

一方、九作目『ムーミン谷の十一月』の谷には、残された住人たちが集まってきます。この谷も灯台の島と同じように、以前とは違った不気味な風景として描かれています。ここから、谷の様子を見ていきましょう。

スナフキンたち六人が屋敷に到着してみると、そこに一家の姿はなく、もぬけの殻でした。屋敷には最低限の食糧が保存されているだけで、家具は埃《ほこり》を被《かぶ》り、かつて多くの孤児たちが集《つど》った避難所はすでに廃墟と化しています。

冬を間近に控えた谷の様子は、冒頭の場面で次のように描写されています。

> 森は雨にふりこめられて、重苦しく、木々は、じっと立ちすくんでいました。なにもかもかれはてて、死んでいました。
> でも、足もとの土の上には、むくむくと、新しい生命が生まれはじめていました。くちはてたかれ葉の下から頭を持ちあげて、夏とは縁もゆかりもない、見なれない、すべっこいはだの植物が地面をはってもりあがり、人の知らない、秋の末の、ひみつの庭園ができかかっていました。
>
> （『ムーミン谷の十一月』四〇頁）

ここでは、谷に、夏とは縁もゆかりもない「新しい生命」が生まれ、「ひみつの庭園」をつくり出すと語られています。続く場面でも、コケモモは黄ばみがかった色、ツルコケモモはどす黒い血色で、苔が地肌を覆《おお》い始めていると語られ、谷は、夏の頃と比べて、明らかに違う様子に変わっています。

ムーミン谷の異変を知るために、「ひみつの庭園」と「新しい生命」という二つの言葉に注目してみます。

「ひみつの庭園」は、ただちに「ひみつのあな」を思い起こさせます。そう、六作目『ムーミン谷の冬』で明かされた、冬の生き物たちが夏の間に身を潜める「ひみつのあな」です。「夏とは縁もゆかりもない」というのですから、冬の世界となんらかの関係にあると示唆されているでしょう。「新しい生命」は「冬の生き物」を指すのではないか、と思われてきます。

この推測を裏付ける記述があります。住人たちは「冬の生き物」らしきものを谷で目撃しているのです。

フィリフヨンカは洋服だんすの中で、「針でつついたような、小さな足あと」を見つけます。挿絵を見ると、芋虫に無数の足が生えたようなものや、長い首を持つものなど、見たことのないような姿をしています。また、トフトの前に「ちびちび虫」という謎の生き物が現れます。この虫はトフトが孤独を紛らわせるために書斎の本を読み、そこから妄想によってつくり上げた架空の生き物です。初めのうちは、ちびちび虫は姿を持っていませんが、九作目『ムーミン谷の十一月』の中盤から巨大な黒い体を現し、実際に屋敷の周りをうろつき始めます。

二人が目撃する生き物は、冬至祭の冬の生き物や、スナフキンが七作目『ムーミン谷の仲間たち』で出会ったはい虫と同じように、挿絵の中で「真っ黒」に塗り潰されて、あるいは奇妙な姿をして登場しています。どちらも前半五作品では決して現れなかった、ランプの「光」を拒む「冬の生き物」ではないか、と考えられます。冬の生き物の出現によって、六人が集まってきた谷は、冬の到来を前に、冬の生き物たちに占領されかけていることがわかります。

スナフキンたち六人は、その後、谷の屋敷で共同生活を行うことになります。しかし、ムーミン一家が灯台の島で家庭崩壊を起こしたように、彼らもまた人間関係が次第にうまくいかなくなってしまいます。六人の共同生活に関しては今は割愛し、第九章で詳しくお話しします。

•
•
•

重要なのは、二作品の舞台がどちらも「冬の世界」の介入によって「原始的な自然霊の世界」と化した、奇妙な風景として描かれていることです。

その背景には「光」の消滅があります。

二作品の舞台には、それぞれ光を灯《とも》すための「ストーブ」と「灯台」がありますが、谷のストーブは六作目『ムーミン谷の冬』でご先祖様によって奪われ、島の灯台も灯台守の不在によって灯《あか》りを点《つ》けることができません。特に、注目したいのはこの世の果ての島の灯台から「光」が失われていることです。

灯台の島は、かつてムーミンたちが安全に暮らした谷から遠く離れ、彼らが真夜中に、トロール族の嗅覚を頼りにようやくたどり着いたこの世の果てにありました。灯台から光が失われれば危険です。灯台の使命は、世界の安全を保障することです。つまり、灯台の消滅は、そのまま「世界の安全が危険にさらされる可能性」を暗示していることがわかります。

この世の果ての光が失われ、谷からも光が消えたことによって、ムーミン一家をはじめ、スナフキンたち住人は正しい道を見失いかけているのでしょう。光を失った舞台は、冬の世界の侵入を阻《はば》めず、彼らの世界はまさに崩壊へと追い込まれているのです。

しかし、ムーミンたちの世界からすべての光が失われたのかというと、そうではありません。唯一、ムーミン一家が移住の際に持ち出した「カンテラ」の光が残されています。このカンテラを灯す限られた油だけが、ムーミンたちが世界を取り戻すための頼みの綱です。油の切れるときが、世界の崩壊（タイムリミット）となるのです。

世界崩壊から再生へ

スナフキンは旅を中断し谷に戻りました。他のフィリフヨンカ、ヘムレン、ミムラ姉さん、トフト、スクルッタおじさんたちも、冬眠に入る準備をしていたにもかかわらず、ムーミン一家との交流を求めて、あるいは自宅にいることに耐えかねて、屋敷へと集まってきます。彼らはいずれも、何かに促されるように、個別の行動を突然中断したのでした。それは、本格的な冬を迎えて事態が悪化する前に、境界線の「光」のある場所を求めて大移動を始めたのではないか、と考えられるのです。なぜなら、スナフキンたちはムーミンが冬の間に何をしたのか知らず、屋敷にはまだ光がある、と思っているからです。

ムーミンたちは灯台の島へ、他の住人は谷へ、それぞれ救いを求めて大移動を行いましたが、どちらの舞台もすでに冬の世界と化していて、彼らは救われるどころか、以前と同じように暮らすことすらできません。そのため、ムーミンたちは、まずこの世の果ての灯台と、谷の屋敷に「光」を取り戻し、世界の秩序を回復しなければなりません。

今後、本格的な冬を迎えるにあたって、さらに冬の生き物は増え、ムーミンたちの置かれる状況は悪化していくことが予想されます。ムーミンたちは、崩壊に瀕した世界から、一体どのような再生の道を切り開いていくのでしょうか。

社会風刺のキャラクター……ノート⑥

ムーミンは、児童文学の主人公である一方で、著者のトーベ・ヤンソンの政治的、社会的な意思を代弁するキャラクターとしても機能していました。背景には、第二次世界大戦勃発《ぼっぱつ》による社会情勢の不安と、フィンランドにおける厳しい言論弾圧が関係しています。

一九三九年から、ヨーロッパは第二次世界大戦の只中にありました。フィンランドは、かねてから敵対するスウェーデンとロシア両国に挟まれ、長期にわたる占領を受けるなど、常に不安定な情勢を強いられていましたが、大戦中も領土の問題によって、ロシアと争いを繰り広げました。新聞や雑誌は政府によって厳しく検閲され、社会風刺画家として活躍するヤンソン❖1も、自由に発言することが難しい状況に立たされました。

そのとき、ヤンソンは検閲の回避策として、それまでのように政治家たちを風刺する絵を描くのではなく、政府の検閲を比較的逃れやすい「キャラクター」を登場させることを思いつきます。このとき生まれたのが、ムーミンの原型「スノーク」に当たります。

スノークは、一九四三年、雑誌『ガルム』の挿絵の中に、人間の目には見えない「謎の小さな生き物」として登場します。スノークは人間たちの会話に耳を傾け、からかうような仕草をしたり、また不機嫌な表情を浮かべて反論を示したりと、ヤンソンの意思を代弁するキャラクターとして活躍します。

その後、ヤンソンはスノーク改めムーミンを主人公にした児童文学を書く一方、イギリスの新聞に連載されたコミック『ムーミントロール』の中で、ムーミン谷を舞台に当時の社会が抱える問題を、いくぶん皮肉を利かせた眼差しで鋭く描き始めます。

たとえばコミック二巻目『あこがれの遠い土地』の「ムーミン谷のきままな暮らし」の回では、ある黒ずくめの男が谷を訪れ、ムーミン一家に国民の「労働の義務」について諭《さと》します。騙されやすいムーミンパパは、男の話を聞いたことで、特にお金が必要ではないにもかかわらず、労働することを決意します。その後、ムーミンパパは求人広告を見て新聞社の面接を受けますが、断られると、今度は目的もなく会社を興すなど、次第に迷走していきます。

他にも、ムーミン一家が南の島で知らぬ間に豪遊して多額の請求を求められたり、ムーミンパパが生命保険に入ろうとしたりと、谷の住人たちが現実の社会問題に翻弄される姿が滑稽に描かれています。

ムーミン谷には、学校も仕事もなく、彼らは贅沢をしなければ、生活費すら必要ありません。この谷特有の価値観を持つムーミンたちは、労働の義務に対して「なぜ働かなくてはいけないか」「贅沢をしたら何か良いことがあるのか」という素朴で純粋な疑問を、同じ問題を抱える読

❖1……ヤンソンは児童文学作家である以前に、雑誌『ガルム』の社会風刺画家です。

者に投げかけます。コミックの最後には、ムーミンたちは毎度我に返り、自分たちの価値観に従った暮らしに戻ることを決意します。

新聞連載は二一年間、全七三回に達しました。[2] 独特の味わいを持つ風刺コミックとして、まずイギリス国内で注目を浴び、その後、世界四〇カ国・一二〇紙に掲載されるほどの人気を博しました。

ムーミンは、私たちがよく知る児童文学やアニメの主人公であると同時に、実は世間に疑問や批判を投げかける社会風刺のキャラクターとしても、長く活躍し続けたのです。

❖2……コミック連載は、一九五七年から弟のラルス・ヤンソンが参入しています。一九六〇年代になると、コミックはヤンソンの手から離れ、ラルスのオリジナルの作品となります。

第七章　ムーミンママとモラン

七作目
『姿のみえない子とその他の物語』
（邦題『ムーミン谷の仲間たち』）

ムーミンママとモラン

八作目『ムーミンパパ海へいく』の冒頭には、世界を再生させる重要なヒントを暗示する場面が描かれています。ムーミンママが夏の終わりに灯《とも》したベランダの「ランプ」に惹かれて、モランが屋敷までやってくる場面です。モランは窓から屋敷の中を覗《のぞ》きこんで、それに気づいたムーミンママが家族に注意を促し、一家はおそるおそる窓の外のモランを見つめています。

挿絵には、モランが屋敷の窓へと近づく様子が描かれています。モランの体と周囲は暗く、ムーミンママたちのいる窓だけが明るく、白く抜かれています。屋外には真っ黒なモランが一人きりで立ち尽くしていますが、明るい室内には大人数の家族が互いに寄り添っているのでしょう。ムーミンママとモランの姿は並べて描かれませんが、本文から、二人が中央のランプの光（境界線）を挟み、向かい合っている様子が想像できます。

挿絵の場面は、文中では次のように語られます。

ランプはジージーと燃えました。ランプは、すべてのものを身近に、安全に感じさせ、小さな家族のみんなを、おたがいによく知りあい、信じあうようにさせます。光の輪の外は、知らないこわいものだらけで、暗やみは高く高く、遠く遠く世界のおわりまでもとどいているように思われました。

（『ムーミンパパ海へいく』一九頁）

ランプは、屋敷の「内」と「外」を分割するものです。ムーミンママたちのいる光の内側は「安全」で、「信じあう」家族の関係が築かれると記されています。反対に「暗やみ」は「こわいものだらけ」であり、それは「世界のおわり」に通じていると述べられます。モランのいる屋敷の外が、六作目『ムーミン谷の冬』で初めて登場する「冬の世界」につながることは容易に見て取れます。

モランとムーミンママの関係はこれまでも指摘されてきた通り[1]、まるで鏡映しのような「対」の関係にあります。この二人の関係に、第六章までの考察を重ね合わせてみると、そこには崩壊した世界を「再生」させるための重要な手がかりが隠されているのではないか、という予感がします。

原作のクライマックスを語る上で、重要になるのは「モラン」というキャラクターです。モランは、以前に第二章でお話しした通り、北欧特有の冬の象徴でした。それに加えて、

❖1……冨原眞弓『ムーミンを読む』ちくま文庫、二〇一四年、一七一－一七二頁。

八作目『ムーミンパパ海へいく』からは、モランがムーミンママと「対」関係にある、重要な存在であることが明かされていきます。

ムーミンママとモランは具体的にどのような違いを持っているのか、そして、二人の関係が原作の展開にどのような影響を与えるのか、詳しく見ていきましょう。

「対」関係

①ムーミンママ

ムーミンママは、前半五作品において谷全体の「母親」の役割を果たしてきました。彼女は庭で野菜を育て食事を用意し、家族や住人の話に耳を傾けるのはもちろん、何か困り事があるときは力を貸して、両親のいない孤児たちに家族同然の愛情を分け与えます。そのため、多くの住人がムーミンママを頼りに屋敷を訪れる様子が描かれています。

三作目『たのしいムーミン一家』では、トフスランとビフスランがモランのルビーを盗んだことで、恐ろしいモランに追われ、ムーミンママに助けを求めます。七作目『ムーミン谷の仲間たち』では、文句の多い叔母と暮らすストレスから姿が消えてしまった少女ニンニが相談に訪れています。そして、九作目『ムーミン谷の十一月』でも、フィリフヨンカやトフトが冬眠を前に孤独を感じ、ムーミンママに救いを求めて屋敷に集まってきます。

住人たちは、なぜムーミンママを頼りにするのでしょうか。その理由は、ムーミンママが谷全体に「光」を灯すからではないか、と思います。彼女は春から秋にかけて屋敷のストーブに薪《たきぎ》をくべ、火を管理します。あるいはベランダにランプを吊るします。ストーブの火とランプからは、光が生じています。この光こそが、夏の世界と冬の世界の「境界線」だったのです。境界線があるから、冬の生き物はこれまで夏の間に表舞台へ出ることができず、「ひみつのあな」に身を潜めているしかありませんでした。一年中谷に現れる氷の精のモランでさえも、屋敷の孤児たちに近づけなかったのです。

孤児たちに屋敷を避難所として提供し、屋敷を維持し守る役割を担ってきたのですから、ムーミンママは、まさに「夏の世界」を支える重要な人物だと言えます。

②モラン

一方、モランはキャラクター紹介の中で「女のまもの」と呼ばれています。女性と性別がつけられる通り、モランは黒いスカートのような布を、頭から足先まで全身に纏《まと》っています。彼女は第二章でも述べたように、近寄るだけで植物の命を奪うほどの「冷たい特性」を持つことから、ムーミンたちに恐れられ、彼らの暮らしを脅かしてきました。

さらに、六作目『ムーミン谷の冬』の冬至祭の終わりの場面では、モランが冬の世界で特別な存在であることも明かされています。冬の生き物たちが巨大な火を焚《た》いて祭りを行っていると、そこに夏の頃よりもいっそう巨大化したモランが現れます。

そのとき、とんがりねずみが、歌をやめました。みんなは、ふしぎに思って、氷の上をながめました。

そこには、氷の精みたいなあのモランが、すわっていたのです。その小さいまるい目には、火がうつっていました。しかし、そのほかは、ものすごく大きいだけの、灰色のかたまりです。夏のころよりも、ずっと大きくなっていました。〔…中略…〕山にはもうだれもいません。みんな、かえっていってしまったのです。

（『ムーミン谷の冬』八八―九〇頁）

モランは祭りの火の上に座りこみ、なんと彼らの大切な火を消してしまいます。しかし、冬の生き物たちはモランに文句の一つも言うどころか、彼女を見るなり一目散に逃げ去ってしまいます。

冬の生き物たちの臆病で過剰な反応から、そして、モランがこれまで「氷の精」と呼ばれていたこと、さらに、冬になって体が巨大化していることから、モランは冬の世界における特別な存在、「冬の生き物たちの女王」であるように思われてきます。[2]

③二人の対比

ムーミンママとモランの役割が見えてきたところで、二人の具体的な違いに目を向けてみます。複数の対の性質が抽出できます。

一つ目の性質は、二人が主に活動する「季節」の対照性です。春から秋にかけては、ムーミンママが表舞台で活躍します。モランも登場しますが、その姿は冬に比べてずいぶん小さく描かれます。反対に、冬になるとモランは巨大化して活動範囲を広め、ムーミンママは冬眠に入って表舞台から去ります。二人は主に活動しやすい（あるいは活動できる）時期が異なっているのです。

二つ目の対の性質は、先ほど説明した「ランプ」です。ムーミンママはランプを灯し、一方のモランはそれを求めています。さらに、三つ目と四つ目として「家族」「家」の有

❖2……冨原眞弓さんは、モランを「冬の権化」のような存在であると述べています（冨原眞弓『ムーミン谷のひみつ』ちくま文庫、二〇〇八年、一九〇―二〇四頁）。

無が指摘できます。ムーミンママには大切な家族と、家族と住む屋敷がありますが、モランはどちらも持っていません。八作目の冒頭の挿絵を見てもわかるように、常に一人だけの孤立した生活を強いられています。

五つ目の対の性質は、他人の「命」との関わり方です。ムーミンママは屋敷の庭で野菜を育て料理をつくります。避難所の屋敷を光で満たしてモランや冬の暗闇から身を守ることで、住人たちに命を与えてきました。一方、モランは近寄るだけで草花を凍らせて命を奪い、二度と咲かなくさせるほどの冷たい特性を持っています。

	ムーミンママ	モラン
季節	春〜秋	通年
ランプ	灯す	求める
家族	あり	なし
家	あり	なし
命	与える	奪う

作品全体を読んでみると、二人の関係は、一方の活動が強まると他方の活動が弱まる、表裏一体の「対」関係、いわばトレードオフの関係にあることに気がつきます。

さらに、二人がまったく無縁の存在ではなく、対関係にあることを裏付けるように、ムーミンママがモランに複雑な思いを抱いていることが読み取れそうです。

八作目『ムーミンパパ海へいく』で、モランが屋敷にやって来た場面の後、ムーミンママはムーミンに「モランと話をしてはいけない」ときつく忠告します。しかし同時に、ムーミンママは次のような心情も吐露しているのです。

あの人は、きっとまた、庭の中のなにかをいためたかもしれないけれども、あの人は危険じゃないいんですよ。〔……中略……〕わたしたちが、モランをきらうのは、あの人があんまり冷たいからなのよ。それにあの人は、だれのこともすきじゃないんです。だけど、どんな害もしたことはありませんわ。

（『ムーミンパパ海へいく』二二一―二二三頁）

ムーミンママはモランを「危険」ではないと言い、自分たちが嫌うのはモランの「冷たい」特性のせいである、と庇《かば》っています。ムーミンママにとってモランは悪者ではないのです。彼女を否定も肯定もしきれない、何か複雑な感情を抱いていることがうかがえます。

そして、モランも他の住人たちよりも、なぜかムーミン一家に積極的に関わろうとします。八作目に至ると、モランは移住する一家を追って、とうとう灯台の島までついて来てしまい、尋常ではない執着心を見せるのです。

前半五作品では、季節の境に二人が入れ替わること、つまり表舞台から一方が退場し、他方が登場することで、世界の秩序は守られてきたかのようです。

しかし、六作目『ムーミン谷の冬』で、ムーミンママが冬眠中に、不意に冬眠から目覚めたムーミンが、ご先祖様と単独で交流を持ったことで、夏と冬の世界の境界が決壊し、混在してしまいました。その影響を受けて、混在後の八作目『ムーミンパパ海へいく』以降、ムーミンママとモランの関係は大きく変わることになります。

世界崩壊による対関係の変化

①ムーミンママの衰弱

ムーミンママは、八作目『ムーミンパパ海へいく』の灯台の島への移住をきっかけに、それまでの彼女とはまるで別人のように変わってしまいます。それは、住み慣れた谷の屋敷から離れ、突然見知らぬ土地へ投げ出されたことと、ムーミンやムーミンパパが住処《すみか》の灯台に帰ってこなくなったことが原因です。ムーミンママは大切な屋敷と、母親としての役割を立て続けに失い、極度のホームシックに陥ってしまいます。

彼女は自分だけの住処をつくるため、谷から持ってきたバラを植えたり、岩の上に海草を敷いて庭に見立てたりと、灯台の島に「ムーミン谷」の風景を再現しようとします。ところが、当然ながらバラは岩の上では育つことができず、集めた海草も庭の代わりをはたさぬまま波に流され、彼女の試みはいずれも失敗に終わってしまいます。ムーミンママは、谷に暮らしていた頃の頼もしい人物から一変し、なんとも滑稽で奇妙な言動を繰り返すようになります。

彼女は、島を谷のように改造することはできないと気づくと、次にムーミン谷を二次元で再現することを試みます。余ったペンキを持ち出して、灯台の壁に懐かしいムーミン谷の風景の絵を描き出します。やがて、彼女は家族の世話をすべて放棄し、ムーミン谷を絵の中につくり上げることに夢中になっていくのです。

完成した絵は、驚くことに「本物の風景」へと変化していきます。

するとと花々は、まるで生きているみたいに光りかがやきました。おまけにきゅうに庭がひろがって、曲がりくねったじゃり道までが、ベランダのほうへまっすぐにつづいているように見えたのです。ムーミンママは前足で木の幹にさわってみました。すると木は日の光であたたまっていて、いかにも、ライラックの花がさいているように感じられたのです。

（『ムーミンパパ海へいく』二二二―二二三頁）

ムーミンママのホームシックが募《つの》ると、絵の花は「生きている」ように光り、道がベランダまで続くように見える「奥行き」が生まれます。そして、ついには「触感」や「温度」も備えた現実の谷へと変化し、ムーミンママは灯台の壁に架空のムーミン谷をつくり出すことに成功します。

しかし、ムーミンママが精神的に追い詰められ、幻想の世界に浸るにつれて、一方のモランは行動を活発化させていきます。

②モランの襲来

モランは谷を離れた一家を追い、灯台の島までやってきます。そして八作目に至って、モランは対関係にある、映し鏡のような存在のムーミンママと、初めて直接的な関わりを持つことになります。

ムーミンママのホームシックがピークに達した頃、モランを象徴する「まっ黒い大きな島」が、屋敷の周辺を執拗《しつよう》に飛び回り始めます。モランが休む間もなく翼をばたつかせることで、ムーミンママは追い詰められ、とうとう精神が錯乱し始めます。

「これは魔法の輪だわ。おお、こわ。もとのうちに帰りたいな。……もう、こんなおそろしい荒れはてた島や、いじわるな海をはなれてうちへ帰りたいな。」

ムーミンママはりんごの木をだきかかえて、目をつぶりました。木のはだはざらざらしていて、あたたかでした。海の音もきこえなくなりました。ムーミンママは、もう自分の庭の中にはいっていたのです。

（『ムーミンパパ海へいく』二二三頁）

ムーミンママはモランの「魔法の輪」によって追い詰められ、壁の架空の谷へ逃げ込み、ついに表舞台から一時的に姿を消してしまうことになります。

それまで均衡していた二人の「対」関係は失調します。ムーミンママの力は衰弱し、ついにはモランの力がそれを凌駕するまでに至るのです。

世界再生の鍵となる対関係

八作目『ムーミンパパ海へいく』では、六作目、七作目を受けて、ムーミンママとモランが二つの世界を担う、極めて重要な「対」関係として主題化されています。

ムーミンママは「夏の世界」を、モランは「冬の世界」をそれぞれ象徴しています。二人は、一方の力が弱まれば他方の力が強まる、ちょうど多くの物語における善（主人公）と悪（敵）の二項対立の関係にあるようです。この関係は、社会人類学者のクロード・レヴィ＝ストロースが指摘する[3]、神話をはじめ、多くの物語に共通する特徴です。みなさんがご存じの子供向けアニメや童話を思い出してみてください。時に理由もわからぬまま、ヒーローと敵が対峙します。善と悪、明と暗の二元論は、神話・物語の祖型となっています。

ムーミンママがモランによって追い詰められ、壁の中に閉じ込められたことは、夏の世界がそれ自体のバランスを失ったことを意味します。夏の世界の失調は、夏と冬の関係のバランスを狂わせ、そのまま「世界の崩壊」へと至ることが予想されます。

前半五作品では、夏の世界はムーミンママが光を灯すことで、モランなどの冬の脅威から厳重に守られてきましたが、八作目に至り、ムーミンママの力はついに失われてしまいました。このまま世界は崩壊していくのでしょうか。ムーミンたちは一体どのように世界を再生させれば良いのでしょうか。

世界の再生には、冬の世界でムーミンママと同等の立場にある、対関係の「モラン」が手がかりになってきます。

❖3……クロード・レヴィ＝ストロース『神話論理Ⅰ―Ⅳ』早水洋太郎ほか訳、みすず書房、二〇〇六―二〇一〇年。

ムーミンとキリスト教

ノート⑦

ムーミンたちは、民話の精霊トロールに由来します。加えて、物語に「火の精」や「木の精」などの精霊も登場することから、原作には自然信仰の強い影響が見て取れました。ところが、詳しく読んでみると、フランス文学者の東宏治さんが述べる通り[1]、ムーミンたちには、重大な危機に直面したときにお祈りを捧げる「あらゆる小さいいきもののまもり神[2]」という神様が存在することがわかります。

自然信仰の多神教に根ざした北欧民話を母胎にしているにもかかわらず、なぜ、ムーミンたちは「唯一神」とも言えるような神への信仰を持っているのでしょうか。原作の一見矛盾した設定からは、フィンランドの複雑な宗教観が見えてきます。

現在、フィンランドの国教は「キリスト教」で、国民の八割以上がルーテル派[3]です。しかし、かつては聖地の森をはじめ、あらゆる自然に精霊が宿ると考える「精霊信仰」が広がっていまし

❖1……東宏治『ムーミンパパの「手帖」――トーベ・ヤンソンとムーミンの世界』青土社、二〇〇六年、一一〇―一一六頁。

❖2……この神様は、前半五作品にのみ登場し、後半四作品では一度も触れられません。

❖3……ルター派とも言います。キリスト教のうち、ドイツ・プロテスタントの主流。

た。キリスト教は一一五五年、スウェーデンによる占領時に伝来し、一五二七年、スウェーデンの宗教革命をきっかけに、ルーテル派が国教とされました。その際、フィンランドに残っていた自然信仰とその文化は大きな変更をこうむった、と言われています。[4]

本論でもお話しした冬至祭は、かつて「ユール」と呼ばれ、一年のうち日照時間が最も短い日に行う祭りでした。祭り翌日からの太陽の復活を、豪勢な料理と酒で盛大に祝ったと言われます。ところが、キリスト教が広まると、冬至祭はキリストの生誕日のクリスマスに合わせて日程を変えられ、信仰の文脈から外れてしまうことになりました。[5]

キリスト教への改宗は、祭りだけに止まらない、大きな文化的インパクトがあったようです。ムーミンの物語の母胎である北欧の神話や民話も例外ではありません。

フィンランド民話の叙事詩『カレワラ』の結末は、マリヤッタという少女が処女懐胎した後、主人公が海の彼方へと消える場面で終わりますが、彼女が宿した子供は「イエス」を示し、物語がキリスト教世界に接続されるのです。[6]『カレワラ』は古い伝承を編纂して一九世紀に成立しますので、結末は、改宗後に書き換えられたと見られます。

さらに、ムーミン構想の源泉となった精霊「トロール」も、イエスの名を耳にしたり、十字架を見たりすると、恐怖のあまり逃げ出すか、あるいは怒り狂って相手を殺してしまうと言われ、民話の中で「反キリスト教」の悪者として描かれています。改宗以前の精霊信仰の史料が充分に残されていないため、明確に断定することはできませんが、トロールのこのような設定も改宗後につくり替えられた可能性が高いでしょう。
ヤンソンがムーミンを執筆した当時（二〇世紀半ば）、多くの国民がキリスト教徒になっていましたが、その一方で、精霊信仰は神話や民話などの口承文学として語り継がれていました。かたや古来から伝承された精霊信仰、かたや一二世紀に導入されたキリスト教が矛盾なく同居しているのだと思います。ヤンソンは、ムーミン執筆当時、生活の中に残っていた精霊信仰とキリスト教（一神教）を、無意識に混在させたのではないか、と考えられます。
私たち日本人も、お正月には神社に行き、葬式は仏式ですませ、クリスマスにはご馳走を食べてプレゼントを贈る、複数の宗教が混ざった風習を身につけていますが、これと同じことがムーミンたちにも指摘できるのです。

❖4……北欧のキリスト教改宗に伴う信仰の変化は、以下の論文を参考にしました。尾崎和彦「北欧民族における比較思想的行為としての「改宗」――ゲルマン宗教からキリスト教へ」『比較思想研究』第二九号、二〇〇二年。松崎功「古代北欧人の精神生活とキリスト教の受容」『史観』第三四・三五号、一九五一年。

❖5……クロード・レヴィ＝ストロース、中沢新一『サンタクロースの秘密』せりか書房、一九九五年、四一―四九頁。ウィリアム・クレーギー編『トロルの森の物語――北欧の民話集』東浦義雄編訳、東洋書林、二〇〇四年、三五九―三六一頁。

❖6……『カレワラ物語――フィンランドの神々』小泉保編訳、岩波少年文庫、二〇〇八年。

第八章　ムーミンの世界救済

八作目
『パパと海』
（邦題『ムーミンパパ海へいく』）

モランとは？

八作目『ムーミンパパ海へいく』の終盤、主人公のムーミンは、モランと交流を持ち始めます。モランにとって、ムーミンという存在は、自分と対関係にあるムーミンママの息子に当たります。母親から息子へと受け継がれるモランとの交流こそが、崩壊しかかった世界を再生へと導くことになります。

なぜこの交流が、世界再生のきっかけとなるのでしょうか。モランのいまだ謎の多い「正体」を知ると、理由がわかってきます。モランとはだれかを丁寧に探っていくと、ムーミンママと対関係にあるだけでなく、モランは、ムーミンたちが作品冒頭からずっと引きずってきた課題である「自然との関係」と「他者との関係」、これら二つの重要な問題を包括して象徴する存在であることも明らかになってきます。

モランは六作目『ムーミン谷の冬』で「氷の精」と呼ばれるように、植物を枯死《こし》させるほどの「冷たい特性」を備えています。冬至祭の大切な炎を消してもだれからも非難されないことから、モランは「冬の世界＝原始的な自然霊の世界」全体の象徴だと考えられました（前章をご参照ください）。

しかし、全編を読み返してみると、そこにはもう一つ別の象徴が隠されていることに気づきます。それを知るには、「谷の住人たちは、なぜモランを極度に恐れているのか」が鍵になってきます。

谷の住人たちはこれまで、モランが谷に来るたびに、屋敷の中で隠れるように身を寄せ合い、厳重に警戒をしてきました。その理由は、モランが「冷たい特性」を持つためだと論じられてきました。ところが、原作のエピソードを振り返ってみると、モランが危害を加えたのは植物など自然に対してだけであり、谷の住人には一切加害行為に及んでいないことに気がつきます。

それでは、なぜ谷の住人たちはモランを恐れ、必要以上に警戒するのでしょうか。そこには、いまだ明かされていない、何か別の理由があると思われます。ヒントはモランがどう呼ばれ、どのように形容されているか、です。

モランが登場する場面で、モランに対し、冷たさの他に「さびしい」という形容が頻繁になされています。孤独を示すものです。四作目『ムーミンパパの思い出』と八作目『ムーミンパパ海へいく』から例を引きます。

そのとき、夜のしずけさをやぶって、さびしそうなさけび声がきこえました。それはなげくような、おどかすような、せすじをぞうっとさせる声でした。〔…中略…〕モランのなき声は、わたしがいままできいた声のうちで、いちばんさびしいものでした。
（『ムーミンパパの思い出』八三―八四頁）

これは、幼いムーミンパパが、モランと初めて遭遇する場面です。モランの声は「さびしそうなさけび声」と形容されています。次は、八作目『ムーミンパパ海へいく』の例です。モランがムーミンに向かって歌う場面です。

ほかにはモランはいないの
わたしだけがモランよ
わたしは世界でいちばん冷たいもの
けっしてあたたかくはならないの
（『ムーミンパパ海へいく』一三七頁）

モランの歌は、本文中に「さびしい歌」と説明されています。彼女は歌詞の中で、自分の冷たい特性を嘆いています。「わたしだけがモラン」であり、「ほかにはモランはいない」。モランは一人きり、孤立した存在なのです。

他にも「世界じゅうでひとりぼっち」など、モランの登場する多くの場面で「さびしい」もしくはそれに類する孤独の形容が行われています。そして、モランの孤独と符合するのですが、モランは住人たちから次のように形容されています。

あのさびしい、夜の中になげだされているおばあさん　（スニフ）
雨か暗やみのようなもの　（ムーミンママ）
通りすがりによけて通らなければならない石のようなもの　（同前）

モランは「さびしい夜の中になげだされている」のであり、「通りすがりによけて通らなければならない」、つまり存在を無視され、孤立を強いられていることがうかがえます。

モランの登場場面と他者からの形容を確認して改めて思うのですが、モランへの反応には、憎むべき敵や手に負えない悪者に対する恐怖や怒りではなく、わずかに「哀れみ」が含まれています。このことから、モランという存在は、北欧特有の冬の「寒さ」の他に、もう一つ「孤独」を象徴しているのではないか、と考えられるのです。

舞台の北欧では、冬の問題と言えば「寒さ」と並んで「孤独」が挙げられます。冬を迎えて日照時間が減り、寒さも強まってくると、深刻な「季節型鬱《うつ》症状（＝冬季鬱）」に悩まされる人が少なくないと言われています。フィンランド南部の首都ヘルシンキでさえ、九月を過ぎると太陽はほとんど昇らず、冬の暗さと寒さが孤独を募《つの》らせるため、多くの人々が精神的に不安定な状態を経験します。

精神の不調は、ムーミン谷にも、同様に瀰漫《びまん》しうる変調だと思います。谷の住人たちは、第二章と第五章で述べたように、谷の外で「孤児」として暮らした複雑な過去を持っていました。そのため、スナフキンをはじめ、ムーミン以外の全員が孤独を抱えています。

先ほどモランへの眼差し（呼称・形容）を確認したように、モランは、孤児である住人たちにとって、孤独の象徴、言わば「孤独の塊《かたまり》」のような存在なのではないでしょうか。だから、モランを見ることは、住人たちにとって孤児である自らの出自を呼び覚ますスイッチになるのです。住人たちはそれを極力抑制するために、過剰なまでにモランとの接触を避け続けてきたのではないかと思うのです。そうだとすれば、住人たちがモランを避けながら、同時に、どこか哀れみをも感じていることに納得がいきます。

冬の寒さや暗さ、土地に精霊が根づいているという「自然環境」、さらに、厳しい生存条件や住人たちが孤児であるがゆえに抱える「孤独」、この全体をモランが担っているのです。そして、この象徴は、ムーミンたちが前半五作品から抱える二つの問題――自然への対応と対人関係を改めること――に接続されていきます。

モランはそれまで特別な行動を起こさなかったにもかかわらず、八作目『ムーミンパパ海へいく』の中盤以降、原作のクライマックスが近づくにつれて、一家をこの世の果ての島まで追いかけ、ムーミンママを灯台の壁の中に閉じ込めるなど、自ら積極的な行動に打って出るようになります。

作品全体を通してモランには特別な存在価値が付与されていることを、ずっと見てきました。ムーミンはモランとどのように関わり、二つの問題に答えを見出すのでしょう。また、ムーミンは、崩壊しかかっている世界をいかに再生させていくのでしょうか。

ムーミンの世界救済

①光への接近

ムーミンがある夜、島で出会ったうみうまを見るためにカンテラを手に浜辺へ行くと、その光に誘われてモランがやってきます。❖1

❖1……「うみうま」は、ムーミンが海辺で出会った美しい二匹のうまのこと。ムーミンはうみうまの見た目の美しさに憧れ、彼らと友達になろうと幾度か交流を試みます。しかし、ムーミンはモランに追い回されるために、うみうまと親しくなることはできません。

ぶるぶるっとふるえて、かれが目をあげると、目の前の水の上にモランがすわっているではありませんか。
モランの目はカンテラの動きを追っていましたが、そのほかの部分は動きませんでした。

（『ムーミンパパ海へいく』一二一頁）

次にモランに会う場面に付された挿絵の中で、ムーミンとモランはカンテラを挟み、目を合わせて対峙しています。モランはムーミンに何か危害を与えるわけではなく、彼が手に持つカンテラの「光」をじっと見つめています。前章の最初でご紹介した八作目の冒頭、屋敷を訪れたときのモランと同じようにです。

ムーミンは当初、母親の言いつけを固く守り、モランを警戒し、心を許しません。モランはその後も毎晩、ムーミンが浜辺でカンテラをつける際に現れるようになります。そのため、ムーミンはモランが近くにいることに次第に慣れて、あまり恐れなくなり、モランが光に近寄ることを許してしまいます。

この交流が続くにつれて、ムーミンが手に持つ光に、モランは大きな体を揺すって嬉しさを表現します。

あのおばさんは、しばらくのあいだ、じっとランプを見つめていてから、うたいだすのでした。あるいは、歌のような音をたてるといいましょうか。それはハミングとくちぶえをいっしょにしたようなかぼそい音でしたが、どこまでもしみとおりました。頭の中にも、目のうしろにも、おなかの中までも、はいりこむような感じなんです。

歌といっしょに、かのじょはからだを前へうしろへゆっくりと重そうにゆすぶりながら、こうもりのかさかさした、しわくちゃのつばさみたいに、スカートをぱたぱたやるのでした。モランはおどりをおどっていたのです。

モランがたいそううれしがっていたのは、たしかです。

（『ムーミンパパ海へいく』二〇四頁）

モランの反応を見るうちに、ムーミンは、彼女が嬉しがるならランプを見せてあげたい、と思うに至ります。ムーミンにとってもこの交流が「とてもだいじなもの」と感じられ、以後も継続したいと考えるのです。

しかし、ムーミンがモランと交流を深めるにつれて、モランは浜辺から徐々に移動し、灯台の島に上陸してきます。そして、ムーミンが浜辺に来ない夜には、なんと彼のカンテラを探して島中を徘徊《はいかい》するようになってしまったのです。島には予想もしない「異変」が起こります。

②島の混乱

モランの上陸によって、島の自然には数々の異変が起こります。以前、谷の植物を凍りつかせて命を奪ってきたように、島の自然はモランを恐れ、今にも逃げ出さんばかりに荒れ始めます。

島の自然の様子は、次のように描かれています。

しかし、島のほうはだんだんに、不安になってきたようでした。

木々は小声でささやきかわしてふるえていましたし、低くたれさがったえだとえだのあいだには、大きな身ぶるいが、海の波のようにつたわりました。浜べの草は身をゆすりながら、できるだけたいらになって、根をひっこぬいて逃げじたくをしていました。〔…中略…〕

砂がモランの下から、ゆっくりはってはなれていくのを、かれははっきりと見たのです。おどりながら地面を氷にかえていくモランの大きなひらべったい足の下から、きらきらと光る砂が、いちどににげていくのでした。

（『ムーミンパパ海へいく』二〇四―二〇五頁）

モランの行動が活発化するにつれて、足元の砂はモランから逃れるべく移動し、木々たちもモランを恐れて「身ぶるい」を起こし、草は「根をひっこぬいて」、ついには灯台の「とびらをおして中にはいろうとする」までに至ります。島の異変は、植物の移動に止まりませんでした。ムーミンパパが島の大地に耳をつけると島の速まる鼓動が聞こえたり、また、島を囲む海の波も日を増して荒れ狂ったりと、島は「異常事態」に陥ってしまいます。

さらに、ムーミンママが壁の中のムーミン谷にトリップし、現実から姿を消すという奇怪な行動を見せるに至り、ムーミンはようやく異変に気づき、モランとの交流を慌《あわ》てて中断します。しかし、モランはムーミンのカンテラを求め、毎晩灯台の近くを探し回ることを止めません。すでに取り返しがつかない状況に陥っているのです。そこで、ムーミンはなんとかモランを落ち着かせるために、再びカンテラを手にしますが、運の悪いことにカンテラを点《つ》けるための油が切れてしまいます。とうとうモランに光を差し出すことができなくなってしまうのです。

第六章でご説明したように、カンテラが点灯できない、カンテラの光を掲げられないことは、ムーミンたちが夏の世界と冬の世界の最後の境界線を失う、そのタイムリミットが迫っていることを意味します。カンテラの光を失えば、夏の世界を元に戻すことができなくなるのです。

ムーミンは家族を守るため、そしてなにより「むかしからの友だち」のような関係になったモランの願いを叶えられないことを申し訳なく思い、ついにはランプを持たず無防備なままで、モランに会いに行くことを決意します。

③ムーミンによる受け入れ

ムーミンがランプなしで浜辺に下りると、モランは光がないことに悲しんだり、怒ったりする様子を見せませんでした。むしろ、ムーミンが少しも予想しなかった「喜び」の態度を示します。

だしぬけに、モランがうたいはじめました。おばさんがよろこびの歌をうたいながら、あっちこっちにからだをゆり動かすと、そのたびにスカートがひらひらしました。それからモランは砂の上で足をふみ鳴らして、ムーミントロールがきてくれたうれしさを、いっしょうけんめいに見せようとするのでした。（『ムーミンパパ海へいく』二九一頁）

モランは、ムーミンが灯りを持っていないことにも気づかず、ムーミンが来たことを心から喜び、「よろこびの歌」を歌ってダンスを踊り、全身で嬉しさを表します。

その後、モランにある重大な変化が起こります。

モランが満足して立ち去った後、ムーミンは彼女の足元の砂が、以前のように逃げるどころか冷たくもなっていないことに気づきます。荒れていたはずの海も、逃げ惑っていた木々も含めて、島の自然はいずれも、モランが島にいるにもかかわらず、完全に元通りになっていたのです。

モランはこうして、近寄るだけで植物を枯死させるほどの「冷たい特性」を失います。ついに「寒さ」と「孤独」を抱える北欧特有の「冬」の象徴から、見事に解放されることになるのです。

モランは、一体なぜ「冬」の象徴から解放されたのでしょうか。モランがそれまでどうしてムーミンの光を求めていたのかがヒントになります。

八作目『ムーミンパパ海へいく』の冒頭場面では、カンテラの「光」の役割について、次のような説明がなされていました。

ランプは、すべてのものを身近に、安全に感じさせ、小さな家族のみんなを、おたがいによく知りあい、信じあうようにさせます。

（『ムーミンパパ海へいく』一九頁）

ランプの内側にいる者たちは、「よく知りあい」「信じあう」という「家族」の関係にあります。ランプのこうした役割を踏まえると、モランはカンテラの光を単純に欲していたのではなく、ムーミンの光に接近することで、二人の間に「光の内側の関係」を築くことを望んでいたのだと思われるのです。

こう考えると、モランとの交流の場面で、ムーミンが、カンテラの「光」（境界線）を失いながら、変わらずモランと直接向かい合ったことは、二人が光の内側にある、本物の家族のような親密な関係を築くことに成功したことを意味しているでしょう。今までの二人の関係が大きく変化するのです。

モランがそれまで光を求めていたのは、ムーミン一家や他の住人たちを脅かすためではなく、長年強《し》いられてきた「孤独」からの解放を望んでいたからなのでした。その望みが叶えられなかったために、モランは一家の光を追って移住先の島まで赴《おもむ》き、主人公ムーミンに救いを求めたのです。

八作目の最終場面では、島の灯台に「光」が蘇《よみがえ》ります。

モランの苦悩と困難、孤独が解消されると、灯台に住む漁師がかつての灯台守であることがわかり、彼が再び灯台に灯りをともすことで、「この世の果ての島」の光は蘇り、世界全体は秩序を取り戻しました。

ムーミン一家もまた、モランによる混乱を乗り越えたことで家庭崩壊から立ち直り、以前よりも強い絆を手に入れます。そして、彼らは灯台の島を離れ、自分たちが暮らしていた谷へと戻ることになるのです。

交流の意味

ムーミンがモランを受け入れたことには、どのような意味が隠されているのでしょうか。モランがムーミンによって冷たい性質や孤独から救われたことは、これまでも述べられてきました。[2] しかし、今までの話の展開を踏まえると、ムーミンの行動は、すなわち彼らの世界を救ったことにつながるのではないか、と考えます。

❖2……冨原眞弓『ムーミンを読む』ちくま文庫、二〇一四年、一八九頁。冨原眞弓『ムーミン谷のひみつ』ちくま文庫、二〇〇八年、二〇四頁。

先ほど説明した通り、モランは北欧の「寒さ」と「暗さ」、孤児の住人たちの「孤独」に加え、それらを規定する根源的な条件、つまり、「冬の世界＝精霊の世界」を象徴しています。従って、モランの受容は、ムーミンたちが抱える困難すべての解決へとつながっていくことがわかります。

ここからは、夏の世界の住人（ムーミンたち）が、冬の世界の象徴であるモランを受け入れた意味を掘り下げるため、私が取材で感じたことと合わせて説明していきます。

二年前（二〇一二年）、フィンランドへ取材に行った際、私は八作目『ムーミンパパ海へいく』の舞台と言われる「ソーダーシャール島」を訪れました。島はフィンランド周囲の海に浮かぶ小さな島の一つで、高くそびえ立つ灯台以外には、数人が住めるほどの小屋があるだけで、波を防ぐ頑丈な防波堤も、強風をさえぎる木々もありません。

岩だらけの島に到着すると、私は海から吹きつける冷たい風を頬に受け、鳥の鳴き声と波が打ち寄せる音を聞きながら、北欧のありのままの自然を初めて肌で感じました。

日が暮れて島を離れる頃、運の悪いことに悪天候に見舞われ、島の周りは高い波に襲われました。凍てつくような強風が吹き荒れ、私はボートの上で体の底から体温を奪われるような身震いを覚えました。そのとき、もしかしたらモランが近づいたときにムーミンたちが感じた恐ろしさとは、こういう種類の恐怖だったのではないか、と直感しました。

モランが生み出された北欧の土地に立ち、極夜の暗い冬と、島の自然を直接肌に感じてみて、私は「モラン」の正体とは、冬の暗闇や寒さ、それが引き起こす人々の孤独など、北欧が北極圏に近いゆえに抱え続ける根源的な問題そのものである、とようやく理解することができました。北欧の精霊たちが、暗闇の中の恐ろしい自然の気配に名付けられたものだったように、モランもまた、北欧の土地に広く漂う、厳しく恐ろしい気配の記憶と伝統に根ざした、土地に固有のキャラクターだったのでしょう。

ムーミンによるモランの受け入れは、彼らが今後も北欧の過酷な土地で生き続けるための「決断」のように見えます。冬の世界との共存がなされなければ、常に、冬の世界の脅威にさらされて生きていかなくてはなりません。ムーミンが、そのような展望を抱いていたかどうかはわかりませんが、生来の人なつこさと他人への無防備が、無意識に促した選択であったかもしれません。

ムーミンたちは、この世の果ての島へ一時的に移動しましたが、最終的には元の居場所へと戻りました。彼らは谷の住みにくい自然環境を嫌ったり、森の奥に根付く精霊の世界から逃げたり、冬の生き物たちを追い出したりするのではなく、むしろ谷の自然環境をありのまま受け入れ、同じ場所で共に生きることを選びます。

モランが孤独から解放されたことは、冬になるたびに高まる住人たちの孤独を、住人たち自身が受け入れることも意味するでしょう。原作に伏在しながら展開してきた、「自然との関係」と「人間関係」という難題はどちらも一定の解決を見ます。彼らの住む世界は「自然との共存、他者との共存」の世界へと導かれることになります。

ムーミンが救世主となる理由

主人公のムーミンは、なぜモランを救えたのでしょうか。理由を三つ挙げることができます。

一つは、ムーミンが谷の「内」で生まれ育った唯一の無垢な存在であることです。円満な家庭で育ったムーミンの魅力は、前半五作品で、スニフやスナフキンなど多くの孤独な存在を惹きつけてきました。そして、後半四作品でも、ご先祖様をはじめとする冬の生き物や、モランまでも魅了しました。だからこそ、八作目『ムーミンパパ海へいく』の最後の交流の場面を経て、冬の生き物とその中心的な存在であるモランが、スナフキンたちと同等の自分の居場所を見つけたのです。

ムーミンは、六作目『ムーミン谷の冬』で「冬の世界」と出会い、ご先祖様と同じ寝床に潜ることで共通の感覚を体験しました。二つ目の理由は、冬のしきたりを身につけることで、夏と冬の媒介的な存在へと変化したことにあります。[3] ムーミンは冬の生き物特有のコミュニケーション方法を体得したのです。モランを含む冬の世界と「唯一交流できる夏の生き物」になったということです。

三つ目は、今までも指摘されてきた、ムーミンの「自立」です。[4] ムーミンは一連の物語を経て、自立への試練をくぐり抜けたことになりました。しかし、自立の効果はムーミンひとりにだけ関係しているのではありません。ムーミンは母親のいない冬の世界を旅し、その後にムーミンママと対関係にあるモランと交流を持ちました。モランの対照的存在であるムーミンママは、息子の自立に伴って孤独が募り、心身を失調してしまったのでした。しかし、モランとの交流は、モランの対照的存在であるムーミンママの孤独をも慰めるものとなるはずです。ムーミンの交流の達成によって、ムーミンママとモランの対関係は事

❖3……ミルチャ・エリアーデは、媒介的な存在、つまりシャーマンと化すために「暗闇への完全な没入」が必要であることを、フィンランドの叙事詩『カレワラ』の主人公ワイナミョイネンが、巨人の腹に入ったことを例に指摘しています（ミルチャ・エリアーデ『象徴と芸術の宗教学』奥山倫明訳、作品社、二〇〇五年、三六―四九頁）。ムーミンもワイナミョイネンと同様、冬の暗闇に身を投じ、イニシエーションを行っています。

❖4……冨原眞弓『ムーミン谷のひみつ』六三頁。

実上消滅した、と考えられます。

ムーミンは、生まれ育った「母親の夏の世界」を偶然に破壊しましたが、いったん踏み込んでからは、断固として、モランとの敵対的な葛藤を乗り越えました。ムーミンの無垢は、自立への試練に耐える力を与えました。そして、崩壊に瀕《ひん》した世界をかろうじてつなぎとめることに成功したのです。

ムーミンは自立の過程において、無自覚であったゆえに、生まれ育った世界を未知の世界と混在させる失態をおかし、家族や友人たちを危機に陥《おとしい》れた一面もありました。

しかし、この崩壊の瀬戸際にあった世界を再生させることができたのは、主人公のムーミンだけだったと言えるのです。

ノート⑧

本国フィンランドでの人気

ムーミンと言えば、フィンランドを代表する国民的キャラクターです。首都のヘルシンキを歩いていると、観光客用のグッズショップをはじめ、郵便局、スーパーマーケット、コンビニなど、多くの場所でムーミンのイラストを目にすることができます。

原作発表当初、ほとんど注目を浴びなかったにもかかわらず、七〇年近くを経て、ムーミンは現在なぜここまで受け入れられるようになったのでしょうか。❖1 その背景には、フィンランドの人々の暮らしとムーミンたちの暮らしが、とてもよく似ている、という点があると思います。

ムーミンたちの暮らしと言えば、森の中での暮らしが印象的です。彼らはサンドイッチを持ってピクニックに出かけたり、夏になるとベリーを摘んでジャムをつくったりと、長い時間を森の中で過ごしています。この習慣が少しも突飛ではないこと、フィンランドの人々にとってたいへん馴染《なじ》みがあること、これが大切なポイントだったと思うのです。

❖1……当初は、ヤンソンが執筆したスウェーデン語から、大部分のフィンランド人が使用する公用語のフィンランド語への翻訳は行われませんでした。一九五五年、フィンランドの新聞『イルタ・サノマット』にコミックスの連載が掲載されたことをきっかけに、原作のフィンランド語への翻訳がようやく進んでいきます。

実際、フィンランドには「サマーハウス」の風習があります。サマーハウスとは、森の中の別荘のこと。フィンランドの人々の多くは、郊外に手造りの、サウナ付きサマーハウスを持っています。彼らは長期休暇や週末になると、家族や親しい友人とそこを訪れ、まるでムーミンたちと同じようにピクニックやベリー摘みに興じて、森の中で思い思いの時間を過ごすのだそうです。❖2

また、サマーハウスまで足を運ばなくても、森の暮らしに触れたいという要望が多いためでしょう、首都ヘルシンキでは、自宅から徒歩二〇分以内に自然と触れ合えるよう都市が設計されています。観光客で賑わうメインストリートの横にゆったりとした公園が広がっていて、だれでも都心にいながら、森の木々を感じられるようになっています。

フィンランドの友人に、ムーミンたちをどう思うかと尋ねると、あれは僕たちそのものだ、という答えが返ってくることが珍しくありません。書店ではムーミンの原作や絵本が平積みされ、新聞ではコミックの連載が繰り返し掲載され続け、テレビをつければアニメが放送されています。

原作の発表から約七〇年を経て、ムーミンはフィンランドの人々の暮らしを象徴する重要なキャラクターになった、と言えるでしょう。

❖2……フィンランドでは、国民に「自然享受権」が与えられ、森は所有者の許可なく入れる上に、ベリーや茸など、森の恵みを自由に採取することができるのです(「自然享受権」とは、北欧の慣習法。自国以外の旅行者を含め、他人の土地への立ち入りや自然環境の享受を認める権利)。

第九章　共存のユートピアへ

九作目
『十一月も終わるころ』
（邦題『ムーミン谷の十一月』）

ムーミン谷の変化

ムーミン一家が灯台の島から谷への帰還を決めた頃、谷に残されたスナフキンたちはどんなふうに過ごしていたのでしょう。最終巻である九作目『ムーミン谷の十一月』を続けて読んでいきたいと思います。

谷に残された住人六名（スナフキン、ミムラ姉さん、ヘムレン、フィリフヨンカ、トフト、スクルッタおじさん）は、ムーミン一家不在の屋敷に集まっています。六人は元の居場所には戻らず、そのまま屋敷で共同生活を営むことになります。彼らが集まって来たといっても、ムーミン一家とのお喋りをするためだったり、居心地の良い場所を求めてだったり、五人それぞれに理由があります。共同生活は、ムーミン一家が不在であることに強いられた、やむを得ずの選択です。これまでとは環境が異なり、どうしても問題が生じます。二つの面を指摘しましょう。

一つは、六人の「人間関係」です。

ヘムレンは他の者に家事を押しつけ、人に命令ばかりするため、フィリフヨンカと激しい言い争いになります。フィリフヨンカにしても、住人の世話を甲斐甲斐《かいがい》しく焼いて、まるでムーミンママのように振る舞おうとするため、一家と仲の良いミムラ姉さんの反感を買ってしまいます。

トフトは書斎にこもって読書にふけり、他人との交流を避けるようになります。スクルッタおじさんは家のことは一切手伝わず、勝手な振る舞いばかり繰り返します。スナフキンはスナフキンで、屋敷の外に設営したテントに一人だけ離れて暮らし、共同生活に関わろうとしません。

彼らのぎくしゃくした関係の原因は、元をたどれば、キャラクターそれぞれがいわば覚醒し、「本音」を持ったことにあります（第五章でお話しした、七作目『ムーミン谷の仲間たち』の短編を思い出してください）。その変貌は、スナフキンだけに止まらず、六人全員に同じ予想ができます。[1]

六人の中には見知った者同士も多いですが、スクルッタおじさんやトフトについては、多くの者が初対面に当たります。七作目以前であれば、ムーミン一家が不在であろうとも、相互の距離が遠慮の中で保たれていたでしょう。しかし、彼らは七作目以降建前を振り払ったことで、相手への配慮を失い、もう円満な関係を築くことができなくなりました。

❖1……フィリフヨンカ、ヘムレンは種族名で、九作目で登場する二人は、七作目『ムーミン谷の仲間たち』に出てくるフィリフヨンカ、ヘムレンとは同種族の別人物です。

それに加えて、彼らの本音は抑制を失ってきます。今まで建前を維持し、一定の距離を保って付き合ってきたことへの反動からか、彼らの本音はやや強く、極端なかたちで言動に表れ始めます。すると、それまでの個性が、「短所」や「欠点」として目につくようになってしまうのです。そして、ムーミン一家が灯台の島で家庭崩壊を起こしたように、六人も共同生活の中で、今まで気づかなかった他人の短所に触れ、同時に自分の短所を他人にさらし、初めて「喧嘩」や「言い争い」に巻き込まれていきます。

ムーミン一家の不在が招いたもう一つの問題は、「谷の変化」です。

六作目『ムーミン谷の冬』以降、前半五作品の夏の世界が崩壊し、谷全体が「冬の世界」と地続きになりましたから、谷はそれまでと様子を一変させています。挿絵には、薄暗くて濃い霧に包まれた、ムーミン谷の不気味な景色が描かれています。

九作目は（八作目同様）、季節が秋の終わりに設定されています。夏の世界と冬の世界が混在して以降初めての「冬」を控えているのです。冬が間近に迫る谷には「新しい生命」、つまり夏の世界とは「縁もゆかりもないもの」が登場しています。フィリフヨンカとトフトは「冬の生き物」のようなものとも出会っています。彼らはムーミン一家に助けを求め、屋敷を訪れたにもかかわらず、またしても冬の生き物と出会ってしまうのです。

ムーミン一家不在の谷には人間関係に問題が生じているので、「今までと違う人間関係を築くこと」が課題となります。加えて、谷の変化に抗して「冬の世界と化した谷に自分たちの居場所をつくること」も課題となり、六人に二つの難題が課せられることになるのです。

●●●

二つの問題は、中盤に入ると解決に向かうのですが、それには八作目『ムーミンパパ海へいく』で、ムーミンがモランを孤独から救い出したことが関わっていると考えられます。理由は、九作目の時期と、ムーミン一家の再登場にあります。

原作を詳しく読んでみると、屋敷の家具に埃《ほこり》が被《かぶ》っている描写や作中の設定された日付から、九作目はムーミン一家が灯台の島での試練を乗り越えた八作目の直後に接続することがうかがえます。加えて、九作目の終盤には、ムーミン一家のシルエットが登場します。したがって、ムーミンが崩壊の危機に瀕した世界を立て直したことが、九作目の問題解決に、まるで影響しているかのように見えるのです。

それでは、ムーミン一家が谷へと帰還するまでの間、九作目『ムーミン谷の十一月』において、スナフキンたちが二つの課題をどのように解決するのか追っていきましょう。

助言者の出現

事の始まりは、二人の「助言者」の出現です。スナフキンとミムラ姉さんが当の助言者になるのです。

二人は九作目以前から家族や親しい友人以外の者とほとんど交流せず、基本的に一人きりで行動するキャラクターとして描かれていました。そのため、九作目の中盤まででも、二人は他の四人の揉《も》め事を蚊帳《かや》の外から傍観し、彼らのことをうっとうしく思っています。しかし、九作目中盤に入ると、スナフキンとミムラ姉さんは他の四人と積極的に関わりを持ち始め、人間関係の立て直しの役目を自ら買って出ることになります。

助言の鍵となるのは「コンプレックスの克服」です。

七作目『ムーミン谷の仲間たち』で、彼らは本音で生きることを決意するに伴って、それぞれ「短所」を否応なく身につけてしまいます。しかし、彼らの短所には、以前から抱える「コンプレックス」が関係することが明らかになります。助言者がいかに彼らのコンプレックスの克服に働きかけるのか、ヘムレンの場合から見てみましょう。

ヘムレンは、集団生活の中で他の者に威圧的に命令ばかりして、五人の反感を買うことになります。プライドは高いのに、実際には得意なことがない、その葛藤が彼を傲慢《ごうまん》にしてしまうのです。屋敷に来る以前、彼は所有する自慢のヨットを格好良く乗りこなす勇敢な男性になることが理想でした。実際には操縦することもできないのです。現実の自分に嫌気がさしていました。

スナフキンはそれを見抜くと、ヘムレンを大荒れの海に連れ出し、実際にヨットに乗せてしまいます。漕《こ》げもしないヨットを託されて、当然、ヘムレンはどうしたら良いのかわからずに慌《あわ》てふためきます。スナフキンはあえて手を貸さず、ヘムレンに舵《かじ》をとらせて、なんとか荒波を乗り越えさせます。ヘムレンはスナフキンの手助けによって、わずかな時間ではありますが、ヨットに乗ることを経験するのです。この経験から、ヘムレンは海の恐ろしさと、身の程を知り、高慢さを捨て去ります。

次に、フィリフヨンカの場合です。大掃除のときに足をすべらせて命を落としかけたことがコンプレックスのきっかけになりました。家事に神経質すぎる性格に自分で嫌気がさし、大好きな家事ができなくなってしまうのです。彼女は、埃のたまった屋敷の掃除ができないことで、精神的なストレスを抱え、汚れた家の中に奇妙な「虫」が見えるようになってしまいます。

スナフキンはフィリフヨンカに「台所には、(虫が)ぜったいにはいってこないよ」と言い聞かせ、彼女を強制的に台所へと戻します。そして、スクルッタおじさんが釣った魚を

人物	ヘムレン	フィリフヨンカ	トフト	スクルッタおじさん	スナフキン	ミムラ姉さん
長所	リーダー役	家事が好き	素直	長老	自由	自由
短所	他者に命令をする	神経質	寂しがりや	ワガママ	人間関係が苦手	人間関係が苦手
克服方法	ヨットに乗る	台所へ導く	ムーミンママの虚像を壊す	対等に関わる	他者の手助けをする	他者の手助けをする

料理するように言い、彼女に再び家事をする機会を与えます。フィリフヨンカは自信を取り戻し、再び家事ができるようになるのです。

トフトの場合はどうでしょうか。他を忘れて読書に没頭し、度が過ぎて妄想の生き物をつくり出してしまうのです。他の住人には大きな迷惑です。母親がいない孤児のコンプレックスが、母親代わりを求める妄想を肥大化させたのでしょう。ムーミンママに過度に依存し、彼女の不在を嘆いては妄想癖を暴走させ、架空の生き物をつくり出し、ついにはその生き物を巨大化させてしまいます。ミムラとスナフキンはそれを見かねて、一計を案じます。トフトの想像の中のムーミンママは理想化されていますから、現実のムーミンママには欠点があることを話して聞かせるのです。トフトに精神的な自立を促すわけです。

スクルッタおじさんのケースも見ておきましょう。物忘れが多いことで認知症扱いされ、身内の中で孤立しています。屋敷での集団生活では、あえて身勝手な行動をとって他の住人を困らせます。年寄り扱いされたくないからです。ミムラは他の住人に対してと同じ態度で接することに徹し、さらに彼のためにパーティーを企画することで、集団の中にスクルッタおじさんらしくいられる居場所をつくり出そうとします。

スナフキンとミムラは、四人それぞれのコンプレックスを見抜き、理解を示しながらも改めるよう促します。同時に長所を自覚してもらい、集団の中で適切な役割を与えます。四人が欠点を克服していくだけではありません。スナフキンとミムラにとって、「他人と関わること」は苦手でした。彼ら自身のコンプレックスの克服にも一役買う、興味深い相互の治療行為が繰り広げられるのです。

六人は心に秘めてきた、自分では直視したくないコンプレックスや苦手意識を思い切って開放し、さらけ出します。助言者二人とのやり取りを経て、克服の糸口を自らつかむのです。その結果、お互いの短所を含めた持ち味を「個性」として認め合うようになります。六人の新しい人間関係は、パーティーの始まりのヘムレンの台詞を借りれば、こんなふうに形容できます。

　このパーティーは、わたしたちみんなが、一つの家族であるしるしにもよおす、家族の夕べであります。

（『ムーミン谷の十一月』二一六頁）

六人の関係は破綻《はたん》を事前に回避し、「家族」と呼べるほどの親密さを回復した、と言えると思います。他人同士のよそよそしい、距離を置いた関係から、お互いを受け入れ合う、時に衝突もいとわない、血のつながりを超えた関係を築くことになるのです。

彼らは擬似的な準家族ですが、相互依存・共依存の関係にはありません。したがって、それまでのように、場所の共有という条件すら必要としなくなりました。物理的な避難所（＝シェルター）は不要になったのです。六人は集団生活の解散を決め、それぞれが旅立つための準備に着手します。

六人の行動

旅立ちの準備は、冬の世界における六人の居場所の確立から始まります。

特に注目したいのは、トフトの妄想が生み出す「ちびちび虫」です。この生き物は、トフトが妄想を膨らませるにつれて大きくなり、ついには現実に姿を現すことになります。巨大化した生き物の気配が谷に漂い始めると、六人は二つの行動を起こします。一つは、全員が集まる「パーティー」です。もう一つは屋敷の「大掃除」です。

①パーティー

先ほどお話ししたように、六人は集団生活の締めくくりに、スクルッタおじさんのためのパーティーを開催します。挿絵の中では、激しく言い争っていたはずのヘムレンとフィリフヨンカが楽しげに語り合い、傍観者を決め込んでいたスナフキンも、二人の間に座って話を聞いています。

屋敷の中は、フィリフヨンカの用意した提灯《ちょうちん》の光で明るく照らされ、楽しく和気藹々《わきあいあい》としたパーティーの様子が描かれます。

> ミムラねえさんは、両手を上にあげて、小きざみに、足さぐりで、まわりだしました。シュー、シュー、ティーデリオ、と、スナフキンは、ハーモニカをふきました。ふしは、知らないうちに、だんだんかわってきて、陽気なちょうしになってきました。ミムラねえさんのおどりが、はやくなりました。もう台所の中は、音楽と動きまわるけはいでいっぱいでした。
>
> (『ムーミン谷の十一月』二二三—二二四頁)

台所は「光」と「音楽」と「おどり」で満たされます。ミムラ姉さんの踊りが終わると、今度はフィリフヨンカの番です。彼女はさっきまでの提灯を吹き消し、台所のランプ一つだけを灯《とも》して、一家のシルエットを形取った「影絵」を上映します。

まっ白い光が、シーツいっぱいにあかるくひろがりました。〔…中略…〕〔影絵の〕ヨットはゆるやかに、シーツの海をすべっていきました。どんなヨットもくらべものにならないほど、しずかに、よどみなく、すべっていきました。ヨットには、みんなそろってのっていきました。ムーミントロール・ムーミンママ――ママはバッグを手すりにおしあてて、すわっていました――ムーミンパパはぼうしをかぶって、ヨットのともで、かじをとっていました。ムーミン一家は、うちへ帰るところでした。

（『ムーミン谷の十一月』二三〇―二三一頁）

挿絵には、フィリフヨンカがつくった一家の影絵の前に、他の五人が夢中になって見入る後ろ姿が描かれています。明るい光が彼らを包み、スナフキンやミムラ姉さんはもちろん、一家を知らないはずのスクルッタおじさんまでが両手を挙げて喜んでいます。トフトもムーミンママの姿をじっと見つめます。

これらのパーティーの場面をよく見ると、二つのことに気がつきます。一つは、六人が、灯台の灯《あか》りを復活させたムーミン一家に元気づけられたことです。そして、もう一つは、夏と冬の二世界の境界線の「停止」と「復活」が繰り返されていることです。

屋敷は当初、提灯の「光」に満たされています。彼らは屋敷の内側に光を灯すことで、夏と冬の二世界の「境界線」を一時的に復活させたことになります。しかし、影絵の上映時には、光のほとんどがフィリフヨンカによって消され、ついに影絵の終わりに最後のランプまで消されると、屋敷は「台所が、だだっぴろくなったように思えました。四方のかべが、おもての夜やみの中にとけこんでいきました」と語られ、屋敷の外の冬の世界の気配に満たされてしまいます。加えて、トフトの「ちびちび虫」の「重たい、大きなからだが、お勝手口のわきのかべに、ドスンとぶつかり」、屋敷の近くにとうとう姿を現します。しかし、この時間は長く続きません。スナフキンがマッチを見つけ、光が再び灯されるのです。

このように、屋敷は光によって一度満たされ、一旦、影絵の上映時に消され、再度灯される、つまり光の復活が繰り返されています。冬の生き物は光の内側に入ることができません。その内側で、窮屈《うっくつ》をはらすように祝宴を開き、さらに光を一旦消して暗闇に満たしておき、光を再び灯します。この繰り返しによって、屋敷の付近に寄りつく冬の生き物を含めたすべての冬の気配が、屋敷の外側へと追い出されることになるのです。まるで冬そのもののお祓《はら》いのように思えます。

一家の影絵を見ることで励まされ、屋敷に光も復活させた六人は、その後、最後の問題解決に乗り出すことになります。

パーティーが終わると、トフトはそれまで見て見ぬふりをしてきた「ちびちび虫」と、屋敷の外の森の中で初めて向き合います。

トフトは、しばふの上をすすんでいきました。すると、動物は、わきへよけました。なんだかわけのわからない、ぶかっこうなかげがうごいていきます。草むらの中で、ポキポキと、小枝のおれる音がきこえ、動物のすすんでいく道で、草むらが二つにわれました。

（『ムーミン谷の十一月』二三六頁）

挿絵には、トフトが森の中で、ちびちび虫と向き合う姿が描かれています。ちびちび虫はトフトの体の何倍も巨大に見えます。巨大な体は真っ黒に塗りつぶされ、背景の暗い森——冬の自然霊たちが住む、暗い森——の奥へとつながっているようです。その森の奥に、トフトは半ば迷い込むようにして分け入っています。

しかし、トフトがこんな言葉を口にすると、ちびちび虫は途端に元の大きさに戻ってしまうのです。

ぼくたちは、かみつかれてはこまるんだ。あいつらにかみつくなんてことは、いつまでたっても、できっこないんだ。ぼくのいうことを、信じてくれよね。

（『ムーミン谷の十一月』二三七頁）

トフトの台詞の主語に注目しましょう。「ぼく」ではなく「ぼくたち」が使われています。トフト本人だけでなく、スナフキンやヘムレンたち他の住人たちが含まれている、ということです。トフトが、彼らの身の安全を最優先に考えているとわかります。トフトはスナフキンたちと家族のような関係を築いたことで、一員の自覚を持ちました。そのため、自分の欲求に従って妄想を膨らませるよりも、スナフキンたちの身を案じ、危害を加える恐れのあるちびちび虫（冬の生き物）を、元の大きさに戻すことを選ぶのです。

トフトがこのような行動に出た背景には、スナフキンとミムラの助言はもちろん、ムーミン一家、とりわけムーミンママの姿を影絵の中で目撃したことが影響している、と考えられます。それに屋敷には光も復活しました。彼にはちびちび虫を必要以上に怖がる理由が、ついになくなったのです。

②大掃除

パーティーの翌日、彼らは屋敷の「大掃除」を行います。

先陣を切るのは、大好きな家事が再びできるようになったフィリフヨンカです。彼女は箒《ほうき》を手に取り、屋敷中の埃をすみずみまで洗い流します。

がやら、くもやら、げじげじやら、もそもそはいずりまわる虫けらどもが、みんな、フィリフヨンカの大きなほうきにかかって、ひっくりかえされ、そこのところへ、ザーッとせっけんのあわをぶくぶくたてた、洪水みたいなお湯が流れてきて、すっかり、あらい流してしまうのです。

(『ムーミン谷の十一月』二四三頁)

フィリフヨンカが掃除を始めると、高齢のスクルッタおじさん以外の五人も掃除道具を手に取り、埃のたまった屋敷をきれいにし始めます。

たのしそうなおそうじを見ているうちに、スクルッタおじさんだけはべつですが、そのほかの人たちは、みんなうきうきしてきて、自分たちもいっしょになって、おそうじがしたくなりました。水はこびや、じゅうたんふるいや、あちこちのゆかを、ちょっぴりみがいたり、あちこちにわかれてまどをふいたり、みんないっしょになって、そうじをはじめました。

（『ムーミン谷の十一月』二四四頁）

挿絵の中心には、フィリフヨンカが箒とバケツを手に持ち、生き生きとした表情を浮かべる姿が描かれています。その周りではミムラ姉さんが埃を払い、トフトが窓を磨いています。スナフキンはシーツを運び、ヘムレンも重たそうな絨毯を担いでいます。彼らは力を合わせて掃除をし、屋敷中の窓を開け放って、新鮮な空気に入れ換えます。

谷の住人たちは、このような経緯を経て、それまでは南へ旅に出るか、あるいは冬眠をして回避しなければならなかった「冬の世界」の只中に、自分たちの暮らす場所を築くに至ります。

血のつながらない家族へ

六人は、集団生活の中で生じた軋轢《あつれき》と葛藤をなんとか乗り越え、ヘムレンが名付けた通り「家族」になります。長所も短所も含めて、個々の人格を互いに認め合う、という構えができたからこそ、彼らの不仲は克服できたのだと思います。

彼らはパーティーを開くにあたって、長所を存分に活かし、各々の持ち味を発揮します。フィリフヨンカは部屋を美しく飾り、豪華な料理をつくります。ミムラ姉さんはスナフキンのハーモニカに合わせて踊ります。ヘムレンは自作の詩を朗読し、トフトはそれまでは一人で読んできた本を、みなのために朗読するのです。❖2

また、彼らの行動の変化には、すでに触れた通り、ムーミン一家の影絵を見て勇気づけられたことも、強く影響していると思います。もちろん、彼らはムーミンが灯台の島でモランと交流を持ち、崩壊の危機に瀕していた世界を救ったことを知りません。しかし、これまで喧嘩ばかりしていた六人の関係が、一家の影絵を前にした後、良い方向へと一変することになりました。

大掃除が終わると、谷に雪が降って「冬」が訪れます。彼らはそれぞれ別の道を歩み出すことにします。六人は別れ際に玄関の階段に腰掛け、極めて素直な、警戒心のかけらも含まない言葉をかけ合うのです。

「きれいにおそうじをしてくれて、ありがとう。」

と、心から感心して、ヘムレンさんがいいました。

「どういたしまして。お礼なんて、とんでもない。」

と、フィリフヨンカは答えました。

（『ムーミン谷の十一月』二四六頁）

集団生活の中で命令ばかりしていたヘムレンは、フィリフヨンカに初めて礼を言い、フィリフヨンカはその言葉を喜んで受け入れます。

この場面を最後に、六人は集団生活を終えて、元の単独行動へと戻ります。屋敷から去って家に戻る者もいれば、冬ごもりに入る者も出てきます。彼らの姿には、驚くことに屋敷を訪れたときとはまるで違う、なごやかな雰囲気が漂っています。ミムラ姉さんとフィリフヨンカは、かつての激しい言い合いなど忘れたかのように、共に帰路につきます。

❖2……老人のスクルッタおじさんに限っては、特技を披露するわけではありませんが、主賓《しゅひん》として、自分らしくいられる居場所を与えられています。

ヘムレンはスナフキンとヨットに乗ったことで素直になり、いつも命令して服従を強いてきたトフトに、恥ずかしさを抑えて自分のコンプレックスを打ち明けます。これからは、それぞれが別の道を歩み始めることになるのです。しかし、彼らの間には屋敷を離れた後も、家族としての親愛と信頼が続くと暗示されているのです。

スナフキンたち六名が築いた絆は、家族と名付けられるほどの親密な関係です。彼らの関係が外部からの作用によって安易に壊されるとは、あまり考えられません。今後、自然災害や不測の事態に見舞われても、相手を見捨てることはないでしょう。彼らは血縁関係こそありませんが、お互いを損得なしに守り合える、強い絆で結ばれているのです。

• • •

孤児であった住人たちは、自分たちが生まれた北欧の過酷な土地で生きる決意を固め、血のつながらない他人同士ながら、準家族となることができました。加えて、彼らは冬の世界と化した谷に、自分たちの居場所を築くことにも成功します。「自然との関係」と「人間関係」――この二つの課題を乗り越え、最後に「自然との共存、他者との共存」を実現することによって、ムーミン谷は初めて「ユートピア」へと到達するのです。

原作は、一家の帰還によって幕が下ろされます。ムーミン一家がスナフキンたちと再会する場面、再び屋敷の中へ入る様子は、残念なことに一つも描かれません。ムーミンたちが今後どのように暮らしていくのか、最後に想像を交えて考えてみたいと思います。前半五作品の暮らしと比べて、そこには二つの変化を指摘することができます。

一つは、夏の世界と冬の世界の関係の変化です。ムーミンたちの暮らす「夏の世界」と、モランたちの暮らす「冬の世界」は、どちらか一方が消えるわけでも、季節ごとに分断されるわけでもありません。冬の生き物は屋敷の外には出されましたが、谷そのものからは排除されません。傍証は、ご先祖様とモランの例です。

ご先祖様は、屋敷のストーブに留まり続けます。ムーミンたちは彼のためにストーブを譲り渡し、今後決して使うことはありません。[3] また、モランもすでに長年維持してきたネガティブで象徴的な威力を失っています。モランが近寄ったとしても周囲の植物は凍りつくことはありません。ムーミンと親しくなったことで、他の住人との距離も縮まると想像できます。モランと住民の間には、もう「光」の境界線すら、必要ありません。

❖3……ムーミンママは灯台の島へ移住するとき、「どうぞ、ストーブで火をたかないでくださいね。中にご先祖さまがすんでいますから」とメモを残しています（『ムーミン谷の十一月』一九八頁）。

それは、九作目『ムーミン谷の十一月』のトフトのちびちび虫や、フィリフヨンカの虫も同じです。二人は冬の生き物を消したのではなく、体を元通り小さくさせたり、自分たちの居場所から外へと距離を置くことで、あくまで自分たちが住める程度の居場所をつくっただけなのです。

ムーミンたちは、冬の生き物たちの存在を認識し、そのうえで同じ谷に暮らすことになります。前半五作品のムーミンたちならば、モランを谷から排除し続けたように、冬の世界を決して受け入れられなかったでしょう。しかし、彼らは六作目から九作目の長い時間をかけて困難を乗り越えたことで、初めて共存の道を選ぶことができたのです。

二つの世界の住人たちは、夏の生き物同士のように完全に仲良くなることはないかもしれません。しかし、以前のような否定的で相互排除的ではない、良好な関係を築けるはずです。

もう一つ、結末の先を私なりに想像して、指摘しておきたいことがあります。キャラクターたちの変化です。

キャラクターたちは、七作目において自らの本音や抑圧してきた欲求を自覚し、八作目と九作目で、建前を捨てた固有の姿で生きることを決意します。お互いの欠点を含めた性格をそのまま認め合うまでに至りました。そうであれば、今後スナフキンは、毎年旅を続けながら、親友のムーミンと子供らしく遊ぶことを自らに許すのではないでしょうか。ムーミンパパは冒険を夢見て時々旅に出て、ヘムレンはスナフキンに教えてもらったヨットに少しずつ乗ることができるようになるでしょう。フィリフヨンカも、大好きな家事を元気にこなすはずです。

世界と主体──「夏と冬」「自己と他者」、これら二つの変化を乗り越えた住人たちは、自分と他の住人をあるがままに認められるようになったのですから、冬の生き物たちのことも、自分とは違う個性を持つ存在として認識し、以前のように怯《おび》えなくなるのではないでしょうか。もちろん、冬には孤独が募《つの》ることも、姿の見えない冬の生き物たちが現れて、驚くこともあるでしょう。しかし、冬の生き物たちは存在を認められ、同じ場所とはいかなくても、谷の中には彼らの居場所も与えられるはずです。その結果、どのような欠点や短所を持った生き物でも平等に暮らすことができる、アニメのムーミン谷のような光景に近づくのです。

アニメ『楽しいムーミン一家』では、幾人もの個性的な訪問者が谷にやってきます。中には、わがままな哲学者のじゃこうねずみや、体が消えて見えなくなってしまった少女ニンニ、いたずらばかりする悪党のスティンキー❖4など、一見すると付き合いにくい者もいます。しかし、彼らは総じて歓迎され、ムーミンママの温かい料理を食べ、ムーミンたちとお喋りをして、好きな期間だけ谷に滞在することを許されます。もし気に入れば永住することだってできるのです。

ムーミン谷は、原作（児童文学）全九作品の完結を持って、多くの生き物たちに開放される、稀有《けう》な居場所となります。彼らが仲睦まじく平穏に暮らす、結末の世界こそが、アニメ『楽しいムーミン一家』に抽出され、引き継がれた、私たちの憧れのムーミン谷のユートピアとなっているのです。

❖4……じゃこうねずみとニンニは原作にも登場していますが、第二章でお話しした通り、アニメでは原作の設定が省略・変更されているため、同じ文脈では語られていません。

マイノリティのユートピア……ノート⑨

ムーミン谷には、多くの架空の「種」が共に暮らしています。ムーミン一家をはじめ、スノークの女の子、ミイ、スナフキン、スニフなど、彼らの間に他の生物種への偏見や差別は感じられません。原作の結末に至る、このような谷の光景は、著者トーベ・ヤンソンの暮らした環境が、色濃く反映されていると言われています。

トーベ・ヤンソンは、スウェーデン系フィンランド人という言語的少数民族でした。❖1 彼女を含めた一家はフィンランド語を話さず、隣国のスウェーデン語❖2を母語としていたのです。スウェーデン系フィンランド人の多くは、海岸沿いや群島などに集まって暮らしていました。

ヤンソンは、画家と彫刻家の両親を持ち、同じスウェーデン系の両親の芸術家仲間が集う家庭

❖1……スウェーデン系フィンランド人は、一九二〇年には人口の一一パーセント程度でした。二〇〇六年には五・五％（約二九五〇〇〇人）。現在は混血が進み、さらに少なくなったと言われています（高橋絵里香「幸せなマイノリティ――スウェーデン系フィンランド人をめぐる差異のポリティクス」『超域文化科学紀要』第一二号、二〇〇七年。冨原眞弓『トーヴェ・ヤンソンとガルムの世界――ムーミントロールの誕生』青土社、二〇〇九年、三九一頁）。

❖2……フィンランドでは、フィンランド語とスウェーデン語のどちらも公用語に認められています。

で育ちました。非常に個性的で、狭いコミュニティだったようです。

彼女は長じては両親と同じ芸術の道を志《こころざ》し、絵を学ぶために家を出ます。一六歳のときにストックホルムの工芸専門学校へ、一九歳になると、ヘルシンキのアテネウム美術学校へ進み、フランスのパリに留学にも行きます。彼女は両親のもとを離れてから、絵を学び続け、画家としての創作活動も精力的に行います。しかし、その後は再び生まれ育ったときと同じ、小さなコミュニティでの暮らしを選びます。

彼女はムーミンの原作執筆中の一九六五年より、パートナーのトゥーリッキ・ピエティラ（「おしゃま」のモデルでもあります）と、クルーヴ島という小さな孤島で毎年夏を過ごし始めます。ピエティラもグラフィックアーティストで、同じ芸術家仲間でした。彼女たちの暮らした島には、手作りの小屋と、苔《こけ》に覆《おお》われた岩以外、ほとんど何もありません。ヤンソンはこの自然に囲まれた小屋を拠点に創作活動を続け、家族や親しい友人との交流を大切にしながら、島を離れた後の二〇〇一年に八六歳の生涯を終えました。

家族やパートナーなど、少人数の見知った者との生活を大切にした生涯だったことがわかります。その暮らしぶりは、まさに彼女の創り上げた「ムーミン谷」とよく似ています。

ヤンソンはインタビューで、ムーミン谷とは自分の「幸せな子供時代の反映」だったと繰り返し語っています。多様な来歴の者たちが多数集まって、しかも、自分らしく暮らせる谷は、ヤンソンが生涯をかけて築き上げたマイノリティたちの究極のユートピアだったのでしょう。

第一〇章　ムーミンが語りかける未来

今、ムーミンが再び注目を浴びています。

アニメ『楽しいムーミン一家』の再放送をはじめ、ファッション誌の特集や雑誌付録、テレビコマーシャルのイメージキャラクターなどを介して、ムーミンの姿を目にする機会が多くなっています。しかし、今回のブームはこれまでのものと少し違います。アニメでお馴染みのほのぼのとしたムーミンだけでなく、お世辞にも可愛いとは言えない、原作（児童文学）の挿絵が、数多く取り上げられているのです。

原作の挿絵には、ムーミンたちが、嵐や洪水といった自然災害に巻き込まれ、住処《すみか》（屋敷）や大切な持ち物を失う姿が描かれています。あるいはモランに怯《おび》えて、家族と身を寄せ合って警戒する姿もあります。アニメで定着した、ムーミン谷の平穏な暮らしからは想像もつかない、ムーミンたちの過酷な経験が描かれています。

原作は、日本への紹介こそ早かったものの、これまでその全貌はあまり知られていなかったと思うのです。ムーミンと言えば、アニメを思い浮かべる人がほとんどで、私もその一人でした。アニメの印象が強いために、アニメのムーミンが原作のムーミンとどれだけ異なるか、考えたこともない方がおそらく大多数なのではないかと感じます。なぜ突如として、原作が注目を浴びたのでしょうか。私たちが経験しつつある、近年の社会と現実に関わる、重大な理由が含まれているように思われます。

三年前、原作の挿絵を初めて見たとき、私が真っ先に思い出したのは、数カ月前にテレビで流れた東日本大震災の津波の映像でした。

巨大な灰色の波が街に押し寄せ、民家も役場も工場も、船舶も車も木々も流され、数秒前まで平穏だった街が一瞬にして破壊される様子は、忘れようとして忘れられるものではありません。安易な比喩かもしれませんが、この世の終わりを連想させる光景でした。映像はメディアで繰り返し放映され、自然の圧倒的な破壊力と人間の無力さを、私たちに思い知らせることになりました。原作のムーミンたちが自然の脅威から逃げ惑《まど》う姿を前にしたとき、私にはこの数カ月前の津波の映像が、どうしても重なって見えたのです。

ムーミンが再び注目を浴び、原作の存在が広く語られ始めたのは、震災後のことでした。私が原作を初めて読んだのも、ちょうどその頃です。震災から半年後の九月には、アニメ『楽しいムーミン一家』が再放送され、女性向けの雑誌では、原作の特集が多数組まれることにもなりました。私は一連の流れを追いながら、多くの人々が、原作の存在を知り読み感銘を受ける、その上で、アニメのムーミンに再び魅了されているのだと感じました。

つまり、私たちはムーミンとその世界に、以前のような「可愛らしさ」ではない、現代の問題に通じる別の魅力を感じ取るようになってきたのかもしれない、と思うようになりました。

●●●

繰り返しになりますが、原作は、「世界の崩壊と再生」という、神話にはお馴染みの枠組みと構造に収まるストーリーと言ってよいと思います。物語の構造自体は、児童文学の定型です。しかし、ここで注目したいのはムーミンたちの世界を崩壊へと導く主体です。崩壊の引き金になるのは、悪意に満ちた敵でもなければ、登場人物の腐敗や自堕落でもなく、驚くことに彼らが住んでいる舞台、北欧特有の自然の脅威なのです。

前半五作品の中で、ムーミンたちは自然災害によって居場所を幾度も破壊されます。それに加えて、六作目『ムーミン谷の冬』に至ると、自分たちの住んでいる谷に、まったく別の「冬の世界」が存在することを初めて知ります。ムーミントロールの偶然の不注意から、夏と冬の二つの世界は境界を失い、混淆《こんこう》する事態にも陥ります。この不測の事態を迎えて、ムーミンたちには、自分たちが住む土地の「自然」と、同じ土地に住む「他者」とどのように向かい合うか、重大な課題が突きつけられることになりました。

ムーミンたちの暮らしを脅かす主体が「自然」だった理由はなんでしょうか。彼らが最終的に自然との共存の道を選んだのは、なぜでしょうか。これまで詳しくお話しできませんでしたが、取材を通して知った、北欧諸国、特にフィンランドに古代から根付く信仰にその理由を探ってみたいと思います。

・・・

舞台の北欧では、北極圏に近い特殊な環境ゆえに、古代から自然と人間は厳しく対峙《たいじ》してきました。人間は時に圧倒され、自然との平衡点を探り出す必要に迫られ、工夫を凝《こ》らし……といった闘争とも言える、密接な関係を育《はぐく》んできました。この関係によって、ゲルマン語圏のスカンディナビアの民族（ノルウェー、デンマーク、スウェーデン、アイスランド）から、エッダ・サガを基にする北欧神話が、❖1 ウラル・アルタイ語圏の民族（フィンランド）から先住民のサーミ族の精霊信仰❖2を基盤とする、独自のフィンランド神話（後に

❖1……北欧神話の自然と人間の関係については、以下の論文を参考にしました。尾崎和彦「北欧神話・終末論の根底にあるもの――古代・中世北欧人における自然と精神の相剋」『明治大学人文科学研究所紀要』第四一号、一九九七年。

❖2……寺谷弘壬「少数民族と精霊文化――アイヌ、サーミ、イヌイットの場合」『辺境のマイノリティ――少数グループの生き方』英宝社、二〇〇二年、七―一三頁。

叙事詩『カレワラ』となる）が生み出されます。

北欧神話では、世界の始まりに炎の国「ムスペルヘイム」と、氷の国「ニヴルヘイム」という二つの国が存在しています。夏の「白夜《びゃくや》」と冬の「極夜《きょくや》」の表象のように見えます。二つの国の衝突によって滴《しずく》が生まれ、そこから巨人と雌牛《めうし》が誕生し、やがて神々を含めた世界がつくられていくことになります。

フィンランドの叙事詩『カレワラ』では、世界の始まりは、少女が卵を産み落とすことが起源とされます。卵の下は大地に、上が大空になり、残された黄身は太陽に、白身は月に、そして残りが星と雲となり、世界は卵という、自然から授けられた生命によって成り立つのです。

北欧神話でも叙事詩『カレワラ』でも、神々よりも先に「自然」が存在し、人間が生きる世界全体をつくり出しています。そのため、人々は、神々に先立つと考えられた自然に畏怖《いふ》の念を抱きながら、自然との関わりに繊細な配慮を払うようになりました。それは信仰として広まり、彼らの暮らしの中に根付くことになります。

特に、ムーミンの舞台であるフィンランドは、先住民のサーミ族をはじめ、あらゆる自然に精霊が宿ると考える精霊信仰が広く行われていた土地でした。

フィンランドの国土の七割を占める森は、現地の言葉で「メッサ」（metsä）と呼ばれる、人間の立ち入ることのできない「精霊の世界」です。森には、トロールや小人、地の精や水の精など、多くの精霊が住んでいると言われ、人々は、精霊を「森の恵みを司《つかさど》る者」として慎重に遇してきました。人々は森に入るときに精霊たちの名前を口にし、また時には彼らのために供え物をしてきました。その代わりに、彼らは、ベリーや茸《きのこ》などの食糧、火を起こし住居を建てるための材木など、森の恩恵に与《あずか》ってきたのです。❖3

森の精霊との付き合いに加えて、気候の変化の激しい一年間を無事に乗り越えるための、火祭りがあります。この祭りは「夏至祭」と「冬至祭」と呼ばれ、フィンランドの他にも北欧各地で行われています。一年のうち日照時間の最も長い日と短い日を選んで、巨大な火を焚《た》き、「太陽の復活と再生」を祈るのです。原作でも、夏至祭はムーミンたちが家族や友人と豪勢な料理を囲むパーティーとして、そして冬至祭は冬の生き物たちが厳《おごそ》かに歌って踊る、きわめて厳粛《げんしゅく》な祭りとして語られていました。

フィンランドをはじめ、北欧の人々は、世界を創世した自然と、自然に宿る精霊を畏怖してきました。一方で畏《おそ》れ、他方で常に敬意を払い続けました。森の恵みを受けるため、長い冬を無事に終えるため、彼らは土地に固有のルール（掟《おきて》）を守り、信仰を実践してき

❖3……Ritva Kovalainen, Sanni Seppo, *Tree People*, Hiilinielu tuotanto and Miellotar, 1997, pp. 52–54.

たのです。

彼らの信仰は根強く、一六世紀にキリスト教が国教に定められた後も、受け継がれることになります。精霊たちの話は、時と共に多少形を変えながらも、母親から子供へ民話として語られ、精霊への接し方は代々教えられていきました。一七世紀のフィンランドでは、新しく参入したキリスト教と本来の精霊信仰が混ざった「カルシッコ」(karsikko)[4]という風習も生まれます。この風習は、人が亡くなったときに、精霊の宿る松の木の幹を剥《は》ぎ、そこに故人の名前と生没年、十字架を刻み、魂を天国に送り出すというものです。また、冬至祭も、イエスの生誕日のクリスマスと融合しましたが、夏至祭と共に継続して行われます。

自然とそこに宿る精霊への信仰は、現在もなお、北欧の人々の暮らしの中で大切に保持されているのです。

• • •

フィンランドに今も根付く信仰は、ムーミンの物語にも色濃く影を落としています。

ムーミンたちは、単なる敵や悪者を相手にするのではなく、自然災害や厳しい気候、自然の奥に潜む原始的な精霊たちと対峙し、あるいは対話しながら、自分たちの暮らしを成り立たせてきました。

物語の結末、ムーミンたちが最終的に選んだのは、谷から逃げ出すことでもなく、モランや冬の生き物たちを追い払うことでもなく、同じ谷に共に住み続けるという選択でした。ムーミンはモランとの交流をきっかけに、冬の寒さや暗さ、住人たちの孤独、そして森に古代から息づく「原始的な自然霊の世界」など、世界を成り立たせるもう一つの原理である「冬の世界」を受け入れ、今後も同じ谷で共に生きる決意をします。

彼らは同じ土地に住む他者との間に、今後決して揺るがない関係を築きます。葛藤がなくなったのではなく、自分とは違う他者を、そのまま受け入れることができるようになったのです。「自然との共存、他者との共存」とは、ムーミンたちが試練を経てようやく手許に手繰《たぐ》り寄せた結論なのです。

この「共存」の主題には、他の児童文学とは違う、北欧特有の信仰や思想が色濃く反映しています。この特徴こそが、ムーミンの最大の魅力だと思うのです。

● ● ●

❖4……Kovalainen, Seppo, *Tree People*, pp. 93–94.

共存の主題は、東日本大震災後の私たちにも通じています。

多くの生命が失われ、家も土地も故郷も奪われた方々が多数あったことは、いまだ私たちの記憶に鮮明に刻まれています。被災者にとって、また被災地以外の人々にとっても、自分たちが暮らす街や、生まれ育った故郷に思いを巡らせる稀有《けう》なきっかけとなりました。

地震と津波によって、残酷なことですが、自分たちが「災害から逃れられない土地」に住んでいることを改めて認識しました。家族や友人、同僚やクラスメイトなどの身近な「他者」とのつながりを見直すことにもなりました。

原作（児童文学）のムーミンたちは当初、自然の脅威によって生活が脅かされる土地で生き続けなければいけないという、現在の私たちと同じ問題を抱えていました。そうした視角から物語を読み直すと、後半四作品には今後の私たちを待ち受ける未来の一つが描かれている、と感じるのです。

アニメ『楽しいムーミン一家』は、原作完結から二〇年後、晩年のヤンソンが自ら監修してつくり上げた「最後のムーミン谷」に当たります。原作をたどってみると、原作には、アニメには存在しない、葛藤とそこからの解放が描き込まれていることがわかります。これを踏まえると、アニメはかつて私たちが投影し夢見た、学校や仕事のない、社会的義務から解放された都合の良い理想の場所ではなかったことがわかります。つまり、アニメは、原作全九作品がたどり着いたユートピアの萌芽、「自然と他者との共存」を望見する地平が前提となっていたのです。

共存こそが、震災後の私たちに課せられていると思います。それを「三・一一以降の新しいユートピア」と呼んでもいいような気がしています。

・・・

原作は、あくまで物語であり、震災後の私たちに具体的な解決策を与えてくれるわけではありません。今回は地震と津波に加え、原発事故という人災が含まれているために、物語をヒントにするにはあまりに巨大な困難が視界を塞《ふさ》ぎます。それでも、私たちが震災と津波と原発事故を経て、何を受け入れ、何を拒み、今後どのような姿勢で生きていくのか。そのヒントが、ムーミンたちのたどたどしいものではあっても、同時に力強く、果敢な行動に含まれているのではないかと思うのです。

遠く離れたフィンランドの森の聖地から、ムーミンたちは、震災後を生きる私たちに「自然」と「他者」との共存の道を語りかけてきます。

参考文献一覧

トーベ・ヤンソン作品

トーベ・ヤンソン『小さなトロールと大きな洪水』冨原眞弓訳、青い鳥文庫、講談社、一九九九年

――『ムーミン谷の彗星』下村隆一訳、青い鳥文庫、講談社、一九八一年

――『たのしいムーミン一家』山室静訳、青い鳥文庫、講談社、一九八〇年

――『ムーミンパパの思い出』小野寺百合子訳、青い鳥文庫、講談社、一九八二年

――『ムーミン谷の夏まつり』下村隆一訳、青い鳥文庫、講談社、一九八一年

――『ムーミン谷の冬』山室静訳、青い鳥文庫、講談社、一九八二年

――『ムーミン谷の仲間たち』山室静訳、青い鳥文庫、講談社、一九八三年

――『ムーミンパパ海へいく』小野寺百合子訳、青い鳥文庫、講談社、一九八三年

――『ムーミン谷の十一月』鈴木徹郎訳、青い鳥文庫、講談社、一九八四年

トーベ・ヤンソン、ラルス・ヤンソン『黄金のしっぽ』ムーミン・コミックス第1巻、冨原眞弓訳、筑摩書房、二〇〇〇年

――『あこがれの遠い土地』ムーミン・コミックス第2巻、冨原眞弓訳、筑摩書房、二〇〇〇年

――『ムーミン、海へいく』ムーミン・コミックス第3巻、冨原眞弓訳、筑摩書房、二〇〇〇年

――『恋するムーミン』ムーミン・コミックス第4巻、冨原眞弓訳、筑摩書房、二〇〇〇年

――『ムーミン谷のクリスマス』ムーミン・コミックス第5巻、冨原眞弓訳、筑摩書房、二〇〇〇年

――『おかしなお客さん』ムーミン・コミックス第6巻、冨原眞弓訳、筑摩書房、二〇〇〇年

――『まいごの火星人』ムーミン・コミックス第7巻、冨原眞弓訳、筑摩書房、二〇〇一年

――『ムーミンパパとひみつ団』ムーミン・コミックス第8巻、冨原眞弓訳、筑摩書房、二〇〇一年

――『彗星がふってくる日』ムーミン・コミックス第9巻、冨原眞弓訳、筑摩書房、二〇〇一年

――『春の気分』ムーミン・コミックス第10巻、冨原眞弓訳、筑摩書房、二〇〇一年
――『魔法のカエルとおとぎの国』ムーミン・コミックス第11巻、冨原眞弓訳、筑摩書房、二〇〇一年
――『ふしぎなごっこ遊び』ムーミン・コミックス第12巻、冨原眞弓訳、筑摩書房、二〇〇一年
――『しあわせな日々』ムーミン・コミックス第13巻、冨原眞弓訳、筑摩書房、二〇〇一年
――『ひとりぼっちのムーミン』ムーミン・コミックス第14巻、冨原眞弓訳、筑摩書房、二〇〇一年
トーベ・ヤンソン『島暮らしの記録』冨原眞弓訳、筑摩書房、一九九九年

ムーミン関連書・研究書

『ムーミン谷博物館二〇周年記念誌――ムーミン谷の不思議な自然』展覧会カタログ、タンペレ市立美術館ムーミン博物館、二〇〇七年
『ムーミン谷への旅――トーベ・ヤンソンとムーミンの世界』講談社、一九九四年
『トーヴェ・ヤンソン夏の家――ムーミン物語とクルーヴ島の暮らし』展覧会カタログ、公益財団法人ギャラリーエークワッド、二〇一三年
東宏治『ムーミンパパの「手帖」――トーベ・ヤンソンとムーミンの世界』青土社、二〇〇六年
木之下晃『ヤンソンとムーミンのアトリエ』講談社、二〇一三年
高橋静男「ムーミンゼミ」、渡辺翠編『ムーミン童話の百科事典』講談社、一九九六年
冨原眞弓『ムーミン谷へようこそ――いつでも、だれでも、好きなだけ』ベストセラーズ、一九九五年
――『ムーミン谷のひみつ』ちくま文庫、二〇〇八年
――『トーヴェ・ヤンソンとガルムの世界――ムーミントロールの誕生』青土社、二〇〇九年
――『ムーミンのふたつの顔』ちくま文庫、二〇一一年
――『ムーミンを読む』ちくま文庫、二〇一四年
「特集 トーベ・ヤンソンとムーミンの世界」『ユリイカ』青土社、一九九八年四月号
「特集 北欧神話の世界」『ユリイカ』青土社、二〇〇七年一〇月号

「特集　ムーミンを生んだ芸術家──トーヴェ・ヤンソンのすべて」『芸術新潮』新潮社、二〇〇九年五月号
Jack Mikander Christin Westerback, *Söderskär*, Söderskär Majakka, 2007.

北欧史

高橋絵里香「幸せなマイノリティ──スウェーデン系フィンランド人をめぐる差異のポリティクス」『超域文化科学紀要』第一二号、二〇〇七年
東海大学文学部北欧学科編『北欧学のすすめ』東海大学出版会、二〇一〇年
目莞ゆみ『フィンランドという生き方』フィルムアート社、二〇〇五年
百瀬宏、村井誠人監修『北欧』新潮社、一九九六年
百瀬宏、石野裕子編著『フィンランドを知るための44章』明石書店、二〇〇八年
キアステン・ハストロプ編『北欧社会の基層と構造1──北欧の世界観』菅原邦城、新谷俊裕訳、東海大学出版会、一九九六年
──編『北欧社会の基層と構造2──北欧の自然と生業』熊野聰、清水育男、早野勝巳訳、東海大学出版会、一九九六年
──編『北欧社会の基層と構造3──北欧のアイデンティティ』菅原邦城、熊野聰、田辺欧、清水育男訳、東海大学出版会、一九九六年
レジス・ボウイエ『ヴァイキングの暮らしと文化』熊野聰監修、持田智子訳、白水社、二〇〇一年
Sinikka Salokorpi, *Finland*, Kirjalito, 1999.

宗教・神話・民話

池上良太『図解北欧神話』新紀元社、二〇〇七年
尾崎和彦「北欧神話・終末論の根底にあるもの──古代・中世北欧人における自然と精神の相剋」『明治大学人文科学研究所紀要』第四一号、一九九七年

――「北欧民族における比較思想的行為としての「改宗」――ゲルマン宗教からキリスト教へ」『比較思想研究』第二九号、二〇〇二年
折口信夫「年中行事――民間行事伝承の研究」『折口信夫全集一七』中央公論新社、一九九六年
――『古代研究1――祭りの発生』中公クラシックス、二〇〇二年
小泉保編訳『カレワラ物語――フィンランドの神々』岩波少年文庫、二〇〇八年
小口偉一、堀一郎監修『宗教学辞典』東京大学出版会、一九七三年
坂井玲子、山内清子編訳『フィンランド・ノルウェーのむかし話――森の神タピオほか』偕成社、一九九〇年
寺谷弘壬「少数民族と精霊文化――アイヌ、サーミ、イヌイットの場合」『辺境のマイノリティ――少数グループの生き方』英宝社、二〇〇二年
中沢新一『熊から王へ』カイエ・ソバージュⅡ、講談社選書メチエ、二〇〇二年
西村亨編『折口信夫事典 増補版』大修館書店、一九九八年
松崎功「古代北欧人の精神生活とキリスト教の受容」『史観』第三四・三五号、一九五一年
山室静『北欧の神々と妖精たち』民俗民芸双書、岩崎美術社、一九七七年
ヴィルヘルム・グレンベック『北欧神話と伝説』山室静訳、講談社学術文庫、二〇〇九年
ウィリアム・クレーギー編『トロルの森の物語――北欧の民話集』東浦義雄編訳、東洋書林、二〇〇四年
クロード・レヴィ＝ストロース、中沢新一『サンタクロースの秘密』せりか書房、一九九五年
クロード・レヴィ＝ストロース『神話と意味』大橋保夫訳、みすず書房、一九九六年
――『神話論理Ⅰ――生のものと火を通したもの』早水洋太郎訳、みすず書房、二〇〇六年
――『神話論理Ⅱ――蜜から灰へ』早水洋太郎訳、みすず書房、二〇〇七年
――『神話論理Ⅲ――食卓作法の起源』渡辺公三、榎本譲、福田素子、小林真紀子訳、みすず書房、二〇〇七年
――『神話論理Ⅳ-1――裸の人1』吉田禎吾、木村秀雄、中島ひかる、廣瀬浩司、瀧浪幸次郎訳、みすず書房、二〇〇八年
――『神話論理Ⅳ-2――裸の人2』吉田禎吾、渡辺公三、福田素子、鈴木裕之、真島一郎訳、みすず書房、

二〇一〇年
ジェームズ・ジョージ・フレーザー『図説 金枝篇 上・下』吉岡晶子訳、講談社学術文庫、二〇一一年
ジョルジュ・デュメジル『ゲルマン人の神々』松村一男訳、国文社、一九九三年
H・R・エリス・デイヴィッドソン『北欧神話』米原まり子、一井知子訳、青土社、一九九二年
ミルチャ・エリアーデ『永遠回帰の神話──宗教的なるものの本質について』堀一郎訳、未來社、一九六三年
──『聖と俗──祖型と反復』風間敏夫訳、法政大学出版局、一九六九年
──『象徴と芸術の宗教学』奥山倫明訳、作品社、二〇〇五年
リトヴァ・コヴァライネン、サンニ・セッポ『フィンランド・森の精霊と旅をする』柴田昌平訳、プロダクション・エイシア、二〇〇九年
ローン＝シグセン＆ジョージ・ブレッチャー編『スウェーデンの民話』米原まり子訳、青土社、一九九六年
ヨハン・トゥリ『サーミ人についての話』吉田欣吾訳、東海大学出版会、二〇〇二年
Ritva Kovalainen, Sanni Seppo, *Tree People*, Hiilinielu tuotanto and Miellotar, 1997.

映像

『世界里山紀行フィンランド　森・妖精との対話』ＮＨＫエンタープライズ、二〇〇七年
『楽しいムーミン一家　コンプリートＤＶＤＢＯＸ』ビクターエンタテインメント、二〇一一年
『トーベとトゥーティの欧州旅行』カネルヴァ・セーデルストロム、リーッカ・タンネル監督、トゥーリッキ・ピエティラ、トーベ・ヤンソン撮影、ビクターエンタテインメント、二〇一四年
『ハル、孤独の島』カネルヴァ・セーデルストロム、リーッカ・タンネル監督、トゥーリッキ・ピエティラ、トーベ・ヤンソン撮影、ビクターエンタテインメント、二〇一四年

あとがき

今回、ムーミンの原作の児童文学についてお話ししてきました。みなさんはどのような印象をお持ちになったでしょうか。アニメからは想像もつかない設定や物語の展開に、驚かれたかもしれません。

九作品からなる原作は、まるでアニメ『楽しいムーミン一家』に接続する長いプロローグのような結末を迎えます。原作が終わってから、アニメの物語がようやく始まるような印象さえあります。二つの作品のユートピア像は大きく違っていて、すんなり連続しているとはみなせません。それでは、アニメをどのように位置づけるべきでしょうか。

原作の完結からアニメに移行するまでの、著者ヤンソン自身のユートピア像の転換がヒントになります。

• • •

ムーミンのアニメは、二種類制作されました。一九六九年の『ムーミン』と、一九九〇年の『楽しいムーミン一家』の二つです。

　最初のアニメでは、キャラクターたちは暗く濁った色に塗られ、彼らの住んでいる谷も、危険に満ちた場所として描かれ、多少アレンジされているものの、原作やコミックの雰囲気を多く取り入れていました。ところが、このアニメはヤンソンの賛同を得られず中断されてしまうのです。その後、二度目のアニメ『楽しいムーミン一家』が、ヤンソン自身の完全監修のもとに制作されることになります。

　最初のアニメは、著作を踏まえたにもかかわらず、なぜ原作者に承認されなかったのでしょうか。私は原作完結後のヤンソンに、何かしら考えの変化があったのではないか、と思うのです。[❖1]

　二度目のアニメにおいて、ヤンソンはムーミンの見た目を初期作品からは想像もつかない、パステル調の可愛らしい姿へと生まれ変わらせます。加えて、原作の設定やシナリオを大幅に省略し、その代わりにムーミンたちが森へピクニックに行ったり、近くの山や海へ遊びに出たりするストーリーを追加し、原作結末の後日譚《ごじつたん》のような、ムーミンたちの平穏な暮らしぶりを描きました。

　これらの変更によって、ムーミン谷は、（原作のように）困難の果てにたどり着くユートピアではなく、むしろ最初から存在する完璧なユートピアとして、作者の明確な意図をもって提示されることになりました。つまり、ヤンソンが、原作のムーミンたちがどのように困難を乗り越えるかよりも、すでに完成したユートピアがいかに魅力的であるかを、多くの人々に伝えるほうが重要だと考えたことがうかがえるのです。このユートピア像の転換によって、アニメでは、原作が結末にたどり着いた、完成した世界観だけが抽出されることになったのではないか、と私は思います。

●●●

今回、取材を通して、周囲のムーミンファンの友人はもちろん、最初のアニメを観て育った両親の世代、本国のフィンランドで児童文学を読んで育った知人などに話を聞きました。舞台のフィンランドを訪れるファンツアーにも参加し、多くの方々とムーミンの話をする機会を得ました。対話の中で、作品に対する多様な意見や印象を知ることができました。

ムーミン谷の魅力は、著者のヤンソンが読者に解釈を委ねた通り、人によって捉え方が

❖1……原作の完結（九作目『ムーミン谷の十一月』刊行）は一九七〇年で、その前年に最初のアニメ『ムーミン』の放映が開始しています。

違います。

キャラクターの可愛らしい見た目や、スナフキンやミイの個性的な性格、また、学校や仕事のない穏やかな彼らのライフスタイルに憧れを抱く方はとても多くいらっしゃいます。そして、ファンツアーの参加者には、原作の児童文学の不気味な挿絵や、コミックの社会風刺を取り入れたブラックジョークに魅力を感じる方もいらっしゃいました。

友人の中には、ムーミンの魅力として、キャラクターの見た目にほとんど性別がないこと、セクシャルマイノリティを広く受け入れる余地があること、あるいは谷には国家や権力者がいないこと、戦争のない平和な世界であること、これらを挙げる人もいました。ムーミン谷に感じる魅力はどれも異なり、そこに見出すユートピア像も違っているのです。

本書で仮説として提示した「共存のユートピア像」は、私が原作を読み、現地の取材を通して考えたものです。これだけがムーミンの魅力のすべてだと言うつもりはありません。私はファンの一人として原作を繰り返し読み、「(原作の)再生後のユートピア」――ムーミンたちが困難を乗り越えた末に手にした共存の世界――を自分なりに取り出してみただけです。その作業を経て、私は「(アニメの)省略されたユートピア」――ムーミンたちが当たり前に他の住人と共存できる平穏な世界――に新しい魅力を発見しました。以前よりもこの物語が好きになったような気がします。その魅力をみなさんとも共有したいと思い、文章にまとめました。

原作の展開や特徴を初めて知った方は、お近くの書店の児童書売り場に立ち寄って、第一作『小さなトロールと大きな洪水』の挿絵をご覧になってみてください。そこにはきっと、みなさんがアニメで知っているムーミンとは別の姿が描かれているはずです。アニメの再放送をご覧になる機会があれば、ムーミンたちがユートピアに至るまでに歩んだ、原作の崩壊と再生の物語を思い出していただけると幸いです。

•••

小さな本ですが、本書執筆の過程で、多くの方々にお世話になりました。参考文献や脚注に挙げた関連書や研究書は、自分のムーミン観にかたちを与える上で、多くの刺激を与えてくれました。とりわけ、原作やコミックスを多数翻訳され、ムーミンについて重要な研究・解説を発表してこられた冨原眞弓さんの著作から、多くの示唆をいただきました（私の読み方との違いは本文中に記しました）。この場を借りて、深く御礼を申し上げます。

また、私の大学院時代の指導教官であり、本書の企画から刊行まで相談に乗ってくださっただけでなく、推薦文までお寄せいただいた東京藝術大学の伊藤俊治先生。私の初めての単行本の企画に賛同し、約二年間にわたって根気強く原稿を読んでくださった朝日出版社第二編集部の赤井茂樹さん。本書と原作の確認・照合作業を手伝ってくださった同編集部の大槻美和さん。みなさんのお力添えによって、本書はようやく刊行の日を迎えることができました。

最後に、二〇一二年の夏のムーミンファンツアーで共に旅し、ムーミンを語り合ったみなさん。数々の貴重な意見交換に心から感謝しています。

ムーミンが今後も、みなさんから愛されますように。

二〇一四年四月

熊沢里美

著者プロフィール

熊沢里美（くまざわ・さとみ）

一九八七年生まれ、福岡県北九州市出身。文筆家。東京藝術大学大学院美術研究科先端芸術表現専攻修士課程修了。在学中、北欧諸国の文化に興味を持ち、アイスランドを一人旅する。その後フィンランドやデンマークにも足を運び、北欧の精霊信仰や神話、民話、デザインについて学ぶ。小説やエッセイ、批評などを中心に幅広く執筆活動中。『本の窓』（小学館）に短編小説「ランナー」「家族写真」を掲載（二〇一四年三・四月合併号、五月号）。

だれも知らないムーミン谷
——孤児たちの避難所《シェルター》

二〇一四年五月二〇日　初版第一刷発行

著者　熊沢里美
装幀　戸塚泰雄（nu）
本文組版　中村大吾（éditions azert）
編集　赤井茂樹・大槻美和（朝日出版社第二編集部）
発行者　原雅久
発行所　株式会社 朝日出版社
東京都千代田区西神田三—三—五　〒一〇一—〇〇六五
電話　〇三—三二六三—三三二一
ファックス　〇三—五二二六—九五九九
http://www.asahipress.com/
印刷・製本　図書印刷株式会社

ISBN978-4-255-00778-6　C0095

素朴な「なぜ？」を楽しく考える絵本

こども哲学

よいこととわるいことって、なに？

きもちって、なに？

人生って、なに？

いっしょにいきるって、なに？

知るって、なに？

自分って、なに？

自由って、なに？

文 オスカー・ブルニフィエ　**訳** 西宮かおり
日本語版監修 重松清（特別付録「おまけの話」）
定価：各一四〇〇円＋税／B5判変型／九六頁／オールカラー／全七巻

この本には、人生って、なに？を考えるための大きな問題が七つ。
いろんな考えをあれこれ組み合わせたり、
ふだんは見えていないところをのぞきこんだりしながら、
ほかのだれにもたどりつけない、きみだけの答えをさがしてみよう。

オトナのごまかしは通用しない、素朴で深い生きることへの「なぜ？」の数々――

このシリーズは「読む」だけで終わってほしくない。「なぜ？」のつづきを親子で語り合ってほしい。

生きることの正解なんてない。だからこそ「わが家の答え」が大切なんだと思う。

――**重松清**